यादों से संवाद

यादों से संवाद

डॉ. रेणु पंत

सत्साहित्य प्रकाशन, दिल्ली

प्रकाशक : सत्साहित्य प्रकाशन, 205-बी चावड़ी बाजार, दिल्ली-110006
सर्वाधिकार : सुरक्षित / संस्करण : प्रथम, 2013 / मूल्य : दो सौ रुपए
मुद्रक : भानु प्रिंटर्स, दिल्ली ISBN 978-81-7721-223-5

YADON SE SAMVAD *poems* by Dr. Renu Pant Rs. 200.00
Published by Satsahitya Prakashan, 205-B Chawri Bazar, Delhi-110006

उजाले की पर्याय
वात्सल्यमयी
'माँ'
को समर्पित

ठहरी हुई जिंदगी की रफ्तार

रेणु यानी धूलिकण आकार में बहुत छोटी होती है, मगर उसकी उपादेयता और मारक क्षमता बहुत अधिक होती है। डॉ. रेणु पंत में भी कुछ विशेषताएँ हैं, जो प्रारंभ से ही मुझे प्रभावित करती रही हैं। उनमें से एक है दृढ़ संकल्प-शक्ति और दूसरी है अतिशय संवेदनशीलता। अपनी व्यस्तता के बावजूद मौका पाकर वह कविता के करीब आ जाती हैं तो यह इनका पूर्व जन्मों का संस्कार और जीवन के एक-एक क्षण को निचोड़कर कुछ नया करने की प्रवृत्ति है। रेणु को जो व्यक्तिगत रूप से जानते हैं, वे यही कहेंगे कि वे जो ठान लेती हैं, उसे पूरा कर दिखाती हैं। एक साल पहले जब इनका पहला काव्य-संग्रह प्रकाशित हुआ और देहरादून के ऐतिहासिक राजभवन में तत्कालीन राज्यपाल ने जब लोकार्पण किया तो आस-पास के सभी कलमकार दंग रह गए। पहले काव्य-संग्रह का इतने भव्य स्तर पर स्वागत कम ही देखा जाता है। उस समय नगर से दूर एक आवासीय विद्यालय की प्राचार्या थीं। मेरे घर कभी-कभार आया करती थीं। एक दिन बड़े संकोच से अपनी कुछ कविताओं की पांडुलिपि दिखाई और मुझसे बेबाक राय माँगी। कविताएँ सचमुच मुझे बहुत अच्छी लगीं और मैंने उसे परामर्श की जगह भरपूर आशीर्वाद दे दिया। उस संग्रह की कविताओं को काव्य-प्रेमियों ने मुक्तकंठ से सराहा।

मुझे लगा कि दिल्ली जाकर रेणु कविताओं से दूर हो जाएँगी, क्योंकि वहाँ का वातावरण संवेदना को सोख लेता है, और उसका काम भी दूसरे किस्म का था। मुझे खुशी है कि रेणु ने मेरी उस आशंका को झुठलाते हुए यह दूसरा काव्य संग्रह 'यादों से संवाद' प्रस्तुत कर दिया है। इसका शीर्षक इसी संग्रह की एक कविता पर आधारित है, जो मुझे बहुत प्रिय है। अपनी कविता में वह मन के सारे भाव बेहिचक कहती हैं। वह खुद कहती हैं कि ठहरी हुई है जिंदगी, रफ्तार देना चाहती हूँ

वह अपनी कविता में अपने मन के भावों को कुछ इस तरह व्यक्त करती हैं—

'झिलमिल तारों के आँचल में
कितनी हूँ मैं मूक अकेली
कोलाहल में रही अकेली।'

रेणु का यादों से संवाद क्या है? वह यादों को इस तरह सिराती हैं, इसे देखने के लिए 'उनकी याद' कविता पढ़ना जरूरी है, जिसमें हर मोड़ पर छलने वाले को ही जिंदगी याद करती है। मन के गाँव के वृक्षों का कटना, जून मास की कड़ी धूप में झुलसना, शीत की चाह में खुद को जलाना, पथरीली राहों पर खुद को नदी सा बहाना, धुँधले दर्पण के सामने अपने रूप को सजाना और समय की रेत पर कुछ चित्रों का बनाना-मिटाना उसकी नियति है, क्योंकि वह औरत है। औरत, जो जिंदगी की जीती हुई बाजी को जानकर हार जाती है। औरत, जो ख्वाबों का पुलिंदा या पोटली है, जो जीवन भर अधखुली रह जाती है, जो गीली लकड़ी की तरह बार-बार फूँकने पर भी पूरी जल नहीं पाती, जो अकसर अपने अंदर की आवाजों से डर जाती है, अपनी 'औरत' कविता में अपने तीखे अनुभवों को शब्द देती हुई रेणु कहती हैं—

'मैं औरत क्या हूँ
शायद एक फालतू सामान
जो जन्म लेने से पहले ही
झाड़ी या कूड़ेदानों में
फेंक दी जाती हूँ।'

सृष्टि की सुंदरतम उपलब्धि नारी है, जिसकी अवमानना मानव समाज के अंदर उत्तरोत्तर बढ़ती दानवता का प्रमाण है। औरत पाँव पोंछने का पायदान या दरवाजे के बाहर सजा गमले का पौधा नहीं है, वह रसोईघर में रखा पुराना सिलबट्टा भी नहीं है, जिसकी हर दरार में किसी के मन के भाव भरे हुए हैं। औरत की वर्तमान सामाजिक स्थिति को इससे बेहतर ढंग से और कैसे कहा जा सकता है—

'कोई ऐसी जर्जर इमारत
जिसकी ईंटें निकाल-निकालकर
सब अपने घर ले जाते हैं।'

रेणु कविता लिखने के बजाय शब्दों की नई खेती करती हैं, क्योंकि उन्हें विश्वास है कि जीवन के चक्रव्यूह में शब्द ही मजबूती के साथ किसी भी अन्याय का मुकाबला कर सकते हैं। वह औरों को भी उकसाती हैं—

'शब्दों की खेती करो
अर्थ-उपजेंगे।
अर्थ, जीवन को अर्थ देंगे
अनर्थ को हरेंगे।'

कवयित्री को विश्वास है कि शब्द ही जीवन की श्वेत-श्याम रेखाओं के बीच नया रंग भरेंगे। रेणु निरंतर यादों से संवाद करती हैं, कभी आसमाँ देखकर, कभी रास्ता देखकर। ये यादें उसकी हैं, जो हृदय के पटल से लेकर डायरी के पन्नों तक अपने बिंदास आचरण के तहत पसरा हुआ है, जो 'सिर्फ तुम' नहीं है, एक पूर्ण वातावरण है, जिसमें मोर नाचता है, कोयल बोलती है, प्रकृति संगीत बजाती है। उससे मिलकर 'खुद से मुलाकात' हो जाती है। उस मुलाकात को 'दुआ-सलाम' तक आकर नहीं ठिठक जाना चाहिए, क्योंकि यह पानी की प्यासे से मुलाकात है—

'नदिया नहीं, झरने नहीं, तालाब नहीं हैं
पानी से प्यासे की मुलाकात नहीं है'

किसी को अच्छा लगे या बुरा, मगर रेणु दिन को रात नहीं कह सकतीं। इसी तरह—

'जो कहने की है बात, दिल में रखें क्यों
हर बात को दिल से मिटाया नहीं जाता'

आज चारों ओर जो हालात हैं, उनकी ओर इशारा करते हुए रेणु कहती हैं—

'हम अभाव की फसल बो रहे
भाव कहाँ से पाएँगे
पथरीले जब मार्ग बनाए
उनसे ही तो जाएँगे।'

इस माहौल को तोड़ने के लिए भी वह देशव्यापी संवाद की माँग करती हैं, 'सभी को मौन रहना है, फिर संवाद कैसे हो। सभी कुछ खुद सहना है फिर संवाद कैसा हो?'

आज की परिस्थिति का मूल कारण यह है कि हर व्यक्ति आत्मनिष्ठ हो गया है, वह सामाजिक प्राणी नहीं रह गया है, जो पहले हुआ करता था। रेणु ने 'आज का सच' कविता में एक और विसंगति को रेखांकित किया है—

'पुजना था किसे और कौन पुज रहे हैं
सूरज के मुहल्ले में जुगनू पुज रहे हैं।'

'यादों के संवाद' की कविताएँ सामाजिक सरोकारों की कविताएँ हैं, जिनमें

व्यंग्य है, आक्रोश है और घावों पर मरहम लगाता अनुराग है।

मुझे पूरा विश्वास है कि इन कविताओं में लोग अपने जीवन को, अपने मनोभावों को प्रतिबिंबित पाएँगे। मैं अपनी प्रिय कवयित्री रेणु को बधाई देता हूँ और आशीर्वाद भी, कि उनकी कविताई इसी तरह समय से संवाद बनाती रहे।

—डॉ. बुद्धिनाथ मिश्र

देवधा हाउस
5/2 वसंत विहार एन्क्लेव
देहरादून–248006

एक नए तेवर के साथ

'यादों से संवाद' कविता संग्रह डॉ. रेणु पंत का दूसरा कविता संग्रह है। इससे पहले 'फिर पंख लगे पहाड़ को' प्रकाशित हो चुका है। जिसकी कविताएँ काफी सराही गई और उन्हें रेणु पंत के सार्थक प्रयास के रूप में देखा गया। उम्मीद की गई कि अगला संग्रह एक नए तेवर की कविताओं के साथ प्रकाशित होगा। डॉ. रेणु पंत ने उस चुनौती को स्वीकार किया। इस संग्रह की कविताएँ सामान्य सी प्रतीत होती हैं। अमूमन उन विषयों पर, जिन्हें सामान्य सा कहकर किनारा कर देते हैं। परंतु यहाँ ऐसा है नहीं। ये कविताएँ आपसे, अपने आप से संवाद करती हैं, कुरेदती हैं, झकझोरती हैं, उद्वेलित करती हैं, एक नई तरह की हलचल भी पैदा करती हैं। यही कविता की ताकत है, जो कवि की ताकत बन जाती है। इस संग्रह की किसी भी कविता को उठाकर पढ़ लीजिए, उसमें संवेदना की सुगंध अवश्य मिलेगी। बड़े-बूढ़ों के प्रति परिवार का दृष्टिकोण और बूढ़ों की स्वयं के प्रति स्वनिर्मित धारणा, अपने बच्चों के प्रति प्यार, संवेदनाएँ हैं, उनकी अभिव्यक्ति इन कविताओं में सहजता से प्रकट हुई है। अपने दुःख को छुपाकर बच्चों के दुःख-सुख पर अधिक ध्यान देती हुई इस संग्रह की कविताएँ मन को गहरे तक छू जाती हैं। मन को पढ़ने में तो रेणु माहिर हैं। प्यार उनके रग-रग में भरा है, वह छलछलाता रहता है। माँ को संबोधित कविता में वह उन सभी आडंबरों, बंदिशों और रूढ़ परंपराओं को नेस्तनाबूद कर देना चाहती है। ऐसा नहीं है कि उस कविता में आक्रोश भरा पड़ा है, बल्कि उस कविता में संवेदना भरपूर है और संवेदना अभिव्यक्ति में उसका कविमन पूरी तरह से मुखरित हुआ है। इन कविताओं में क्या कुछ नहीं है—हर्ष-विषाद, आशा-निराशा, व्यंग्य सब है! आशा है, पाठकगण 'यादों से संवाद' में शामिल कविताओं का स्वागत करेंगे।

—डॉ. हरिसुमन बिष्ट

सचिव, हिंदी अकादमी, नई दिल्ली

सृजन-पथ पर

अपनी यादों के साथ फिर आपके सामने हूँ। कविता तो मेरी संगिनी है, जो सदैव मेरे अंदर थी और जब तक संवेदना के धरातल पर मेरी अनुभूतियाँ कसमसाती रहेंगी, तब तक मेरे साथ रहेगी।

हिंदी के प्रबुद्ध कवि डॉ. गिरजाशंकर त्रिवेदी की एक कविता की पंक्तियाँ मुझे बहुत प्रिय हैं—

'कविता वह कालिंदी है
जो राग और विराग के किनारों के बीच बहती है
कविता आग को शब्द देती है
और पराग को छंद'

मुझे इस कविता से कविता को समझने का साहस मिलता है और कविता लिखने की प्रेरणा भी।

कविताएँ हों या कहानियाँ, वे जब पुस्तक के रूप में आकार ग्रहण करती हैं तो रचनाकार को स्वाभाविक रूप से प्रसन्नता होती है। मैं भी उन्हीं में से एक हूँ। 'फिर पंख लगे पहाड़ को' मेरी प्रथम काव्य-कृति है, उसके प्रकाशन से विमोचन तक की यात्रा बहुत ही रोचक रही और अविस्मरणीय भी। 19 अक्तूबर, 2011 को राजभवन देहरादून में उत्तराखंड की तत्कालीन राज्यपाल श्रीमती मारग्रेट अल्वा ने मेरी पुस्तक का विमोचन करते हुए मुझे बहुत प्रोत्साहित किया, उससे मेरा मन कुछ और नया लिखने के लिए प्रेरित हुआ। परिणामस्वरूप यह दूसरी कृति 'यादों से संवाद' आपके सम्मुख रखने का साहस कर सकी हूँ। हिंदी के अनेक नामी साहित्यकारों ने पहली कृति को अपना प्यार व स्नेह दिया और भविष्य के लिए सुझाव भी, जो मेरी काव्यसाधना में सहायक सिद्ध हुए।

पहली कृति के विमोचन के बाद ही जनवरी 2012 में मैं पर्वतीय नगर देहरादून को छोड़कर नए विभाग में दिल्ली जैसे महानगर में आ गई। यूँ लगा जैसे कोई परिंदा खुली हवा और अपने सुरक्षा कवच से पहली बार बाहरी दुनिया में निकलता है, पर यह मेरा सौभाग्य ही है कि दिल्ली आने पर नई संभावनाएँ मिलीं। कविताओं के विषय का दायरा भी अब अधिक वास्तविक धरातल पर आया। जहाँ पहले संकलन की कविताओं में पहाड़ की खुशबू थी, कठिनाइयाँ थीं, वहीं इस संकलन की कविताएँ आज के बदलते सामाजिक परिवेश का दर्पण हैं। स्त्री के प्रति बढ़ते अपराध, उसे सिर्फ देह मान लेने की मानसिकता से उद्वेलित हो जाती हूँ और बरबस मेरी पीड़ा कविता में उतर आती है—

'इस देह से आजाद कर दो मुझे
कभी तो इस जिस्म से बाहर निकलने दो मुझे'

कन्या का जन्म आज भी समाज में बोझ है, इसका उत्तर तलाशती है मेरी कविता 'कन्या-हत्या'। अपनी कविताओं में, मैं औरत पर तरस खाती मानसिकता को नेस्तनाबूद कर देना चाहती हूँ। बचपन से बहुत ही विद्रोही प्रकृति की रही हूँ और वह भावना मेरी कविताओं में झलकती है।

समाज में बुजुर्गों के प्रति बढ़ते अपराध और उन्हें सम्मान न देने का रवैया तेजी से बढ़ा है। मेरी कविताएँ नई पीढ़ी के दिल को टटोलती हैं कि ऐसा क्या बदला है? मेरी बड़ी चिंता पर्यावरण को लेकर है। बचपन से ही पहाड़ों के जंगलों में आग लगते हुए देखती आई हूँ, पर बड़े होने पर इसके पीछे छिपे निहित स्वार्थों को समझ पाई हूँ। कटते पेड़, कम होती हरियाली आज सबसे बड़ी समस्या है।

मेरी कविता में पक्षी और जानवरों की पीड़ा भी है, 'जंगल की आग', 'गिलहरी और पेड़' और 'मेरा शहर बदल रहा नित' जैसी कविताएँ पर्यावरण की चिंता पर हैं।

प्रेम सदैव से ही मेरा प्रिय विषय रहा है। प्रेम शक्ति देता है, प्रेरणा देता है। कविवर अज्ञेय ने अपनी एक कविता में लिखा है—

'क्या कहीं प्यार से इतर
और है कोई
जो इतना दर्द सँभालेगा'

यह दर्द ही है, जो किसी को कवि और कलाकार बना देता है। ओशो ने भी कहा, 'प्रेम पंथ ऐसो कठिन', प्रेम से बड़ी आग नहीं है दुनिया में, प्रेम है अकेला, जो आत्मा को जलाता है और निखारता है।

मेरी प्रथम कृति की एक कविता 'प्रेम' की कुछ पंक्तियाँ मुझे बहुत प्रिय हैं—

'प्रेम शाश्वत सत्य है
जो मृत्यु के बाद भी
शेष रह जाता है।'

प्रेम के हर अहसास को मैंने मोतियों की तरह माला में पिरोया है। कविता 'रेत और समंदर' में, मैंने प्रेम को एक नई अभिव्यक्ति देने की कोशिश की है। हर विषय को छूने की कोशिश है 'यादों से संवाद'। हृदय से आभारी हूँ उन शब्द-साधकों की, जिन्होंने मेरी पीठ थपथपाई और प्रोत्साहन दिया। सर्वप्रथम आभार देश के प्रसिद्ध गीतकार डॉ. बुद्धिनाथ मिश्र का, जिन्होंने मेरी काव्य-प्रतिभा को तराशने का प्रयास किया। साहित्यिक क्षेत्र में, मैं उन्हें अपना गुरु मानती हूँ। ऋणी हूँ डॉ. हरिसुमन बिष्ट की, जिन्होंने दिल्ली में निरंतर मेरा उत्साह बढ़ाया। दिल्ली के ही श्री डी.एन. शर्मा (नवोदय विद्यालय) ने भी अपनी सलाह से समय-समय पर मेरा मार्ग प्रशस्त किया। महान् आध्यात्मिक गुरु दलाई लामाजी का आशीर्वाद सदैव मेरे साथ रहा है। अपने विभाग के निदेशक श्री आलोक वर्मा की आभारी हूँ, जिन्होंने सदैव शुभकामनाएँ दीं। नवोदय विद्यालय समिति के आयुक्त एवं अन्य सभी अधिकारियों का भी सदैव सहयोग रहा है। अपने विभाग के सभी अधिकारियों व मुख्यालय दिल्ली के सभी कर्मचारियों को धन्यवाद देती हूँ, जिन्होंने पिछले एक वर्ष में अपनी छोटी-छोटी टिप्पणियों से मेरा उत्साहवर्धन किया। श्री धनंजय सिंह भी सदैव उत्साहवर्धन करते रहे हैं। अपने मित्र श्री रजनीश त्रिवेदी का पग-पग पर नई सलाह देना, मेरे बहुत काम आया, मैं उनको भी धन्यवाद देती हूँ। अपने आदरणीय माता-पिता का भी आभार, जिनके आशीर्वाद से मैं यहाँ तक पहुँची हूँ। मेरे भाई सचिन, बहनों अनीता व रश्मि का भी सहयोग मेरे साथ सदैव रहा है। मेरे दोनों पुत्र प्रणय और प्रजित मेरे सबसे बड़े आलोचक हैं और उनकी बेबाक टिप्पणियों से मेरी कविताओं में पैनापन आया है। आभारी हूँ, अपने जीवनसाथी श्री भुवन पंतजी की, जो कवि न होते हुए भी सदैव मेरी कविताओं को सँवारने की कोशिश करते हैं। आभारी हूँ, अपने फेस बुक मित्रों की भी, जिनकी टिप्पणियाँ अच्छी सलाह का काम करती हैं।

अंत में आभारी हूँ दिल्ली की इस सरजमीं की, जिसने मेरी कविताओं को और परिपक्व बनाया। विश्वास है कि आप सभी मेरी इस पुस्तक को अपना स्नेह प्रदान करेंगे और समीक्षकगण अपनी राय से मेरी कविता की समझ को और पैना करेंगे।

—डॉ. रेणु पंत

23 मई, 2013
नई दिल्ली

अनुक्रम

क्या तुम चलोगे!

मैं बहुत दूर जाना चाहती हूँ,
घने जंगलों के बीच
जहाँ सिर्फ तितलियाँ हों
रंग-बिरंगी
जिनके पीछे दौड़ते
कब सुबह से शाम हो जाएगी

खूबसूरत दरख्तों के बीच
चाँद को हाथ में
पकड़ना चाहती हूँ
चाहती हूँ उन हवाओं में
भुला दूँ सबकुछ
और एक नन्ही परी की तरह
मैं फिर से बचपन को जी लूँ।

क्या तुम चलोगे!
रेत के घरौंदे बनाएँगे
और फिर तोड़कर
खिलखिलाएँगे
दोनों देर तक दौड़ेंगे
पगडंडियों पर,
फिर बहुत सारे

फूल चुनेंगे
मैं फिर से उन्हीं यादों को
सहेजना चाहती हूँ

क्या तुम चलोगे!
दूर-दूर तक फैले
आसमान के नीचे
कैनवस से खेतों में
चलो रंग भरेंगे
नदी के किनारे
कुछ गोल पत्थर चुनेंगे।

मैं चाहती हूँ कि
बचपन की तरह
तुम लाल बुरांश के फूल
तोड़ कर लाओ
और उन्हें खेल-खेल में
मुझ पर बिखरा दो
और फिर थक कर
तुम्हारे कंधे पर
सिर रखकर
सोना चाहती हूँ
सदियों तक।

क्या प्रेम को
नए अर्थ देने
और बचपन को
दोबारा जीने
तुम साथ चलोगे!

□

शब्दों की नई खेती

शब्द कभी कंपन नहीं करते,
अपनी जमीन पर खड़े रहते हैं
मजबूती के साथ
मुकाबला करने को
किसी भी अन्याय या
आक्रमण का।

शब्द देता है
नित नए अर्थ
समय और देश के अनुरूप
यही है शब्द की शक्ति,
शब्द का सामर्थ्य।

शब्द ही बनता है गद्य
और महाकाव्य भी
शब्द होता है ढाल
और तलवार भी।

शब्द जीवन है,
नि:शब्द कौन जीता है
शब्द उत्सव है और कर्म भी
शब्द करता है सृजन

शब्द महिमामंडित करता
संगीत को।

शब्द जन–जन का है,
शब्द अपनेपन का है।
शब्द को कोई रोक नहीं सकता
जाने से महफिल में।

शब्द हलचल है,
शब्द संजीवनी है,
शब्द व्यापार है,
शब्द आचार है।

शब्द की खेती करो
अर्थ उपजेंगे,
अर्थ, जीवन को अर्थ देंगे
अनर्थ को हरेंगे,
शब्द की करो उपासना
करो उसकी आराधना
शब्द ही जीवन को
नए रंग देंगे।

□

इस देह से आजाद कर दो मुझे

इस देह से अब तो
आजाद कर दो मुझे
कभी तो इस जिस्म से
बाहर निकलने दो मुझे

एक जिस्म बने
एक बुत बने
सदियाँ बीत चुकी हैं
कभी तो आजाद कर दो
भले ही थोड़ी देर
के लिए ही सही।

मैं तो अकसर
भूल भी जाती हूँ
एक स्त्री होना
पर तुम्हारी भेद भरी
दृष्टि मुझे
याद दिला देती है
कि सिर्फ एक
देह हूँ मैं।

हर तरफ मेरी तरफ देखती
वासना भरी आँखों से
आजाद कर दो मुझे
जानती हूँ,
मेरी देह की
गोलाइयों में ही
निहित है तुम्हारा
हर स्वार्थ।

हर पल, हर जगह
इस देह के कारण
रहती हूँ डरी, सशंकित
बार-बार मेरी देह
इस समाज में
बर्बरता से रौंद
दी जाती है
टुकड़े-टुकड़े कर
दिया जाता है
मेरा वजूद।

न जाने जीवन में
कितनी बार
मेरी आत्मा का भी
चीरहरण होता है
पर अपनी व्यथा
किससे कहूँ?
चीरहरण भी मेरा
और अपराधी भी
मैं ही
तुम्हारे समाज का
यह दोहरा मापदंड

मेरी समझ में
कभी नहीं आता।

इस देह के कारण
न जाने
एक जीवन में
कितनी बार मरती हूँ मैं
कभी तो अपने
जिस्म से परे
अपने दिमाग से
सोचने दो मुझे
जानना चाहती हूँ
इस ब्रह्मांड को
एक पुरुष की तरह।

अब इस स्त्री देह
का बोझ उठाने की
ताकत नहीं है मुझमें,
मुक्ति चाहती हूँ
इस देह से
सदा के लिए
अब तो आजाद
कर दो मुझे।

□

रेत और समंदर

रेत का समंदर से
न जाने ये कैसा रिश्ता है
दूर-दूर तक बिखरी रहती
उसके तट पर
और इंतजार अपलक करती रहती
अपने समंदर का

लहरें आतीं और रेत का
तन-मन भिगो जाती हैं
खुश हो जाती रेत
समंदर का आलिंगन पाकर,
लेकिन समंदर न जाने
क्यों फिर दूर हो जाता

जब भी उफान आता
समंदर के मन में
चल पड़ता अपनी
लहरों के साथ
आलिंगन करने रेत का
लहरें सरस कर देती रेत को
दोनों लिपटकर रोते

रेत निहारती रहती
अपने समंदर को
और समंदर चूम लेता
रेत के माथे को
पूरे तन को

रेत बार-बार
तहस-नहस हो जाती
पिघल जाती और
उसकी धड़कनें
तेज हो जाती
खारे समंदर के
मधुरिम आलिंगन से
बिखर-बिखर कर
फिर जुड़ जाती

समंदर और रेत के
अमर-प्रेम की यह कथा
कितनी पुरानी है,
कोई नहीं जानता
शायद सदियाँ बीत गई हैं
क्षणिक मिलन और
वियोग ही है
दोनों की किस्मत में।

रेत के इंतजार का
सिलसिला कभी खत्म नहीं होता
दोनों महसूस करते हैं
मिलन के सुख को
और प्रेम की पीड़ा को भी
रेत और समंदर के प्रेम में

न जाने कितनी बार बाढ़ आ जाती

रेत बार–बार मनुहार करती है
समंदर से
न जाने के लिए
पर समंदर जानता है
विरह के बाद मिलन के
असीम सुख को।

दोनों को कभी कोई
अलग नहीं कर पाया
रेत उड़कर कितनी
भी दूर चली जाए
पर उसे वापस आना
ही होता है
समंदर के बाहुपाश में

दोनों कभी हमेशा के लिए
नहीं मिल पाते,
लेकिन अलग भी नहीं होते
सदा के लिए
जब तक यह ब्रह्मांड है
यह सृष्टि रहेगी
यह सिलसिला चलता रहेगा
एक अविराम यात्रा की तरह!

□

बुरांश–प्रेम का प्रतीक

बुरांश के लाल फूलों
को देखकर
हमेशा तुम याद
आ जाते हो।

इन्हीं बुरांश के लिए कभी
मेरी जिद पर
तुम न जाने
कितनी बार
चढ़े हो पेड़ पर
ऊपर टहनियों से
फूल चुनकर जब
तुम नीचे फेंकते थे
वो मंजर मेरी
आँखों से हटते ही नहीं।

इन बुरांश के फूलों से
हम दोनों का
गहरा रिश्ता है,

माँ जब बुरांश की
लकड़ियों को

चूल्हे पर जलाती है
इस पर पकी रोटियों
में तुम ही
दिखते हो

ओह! यह
कैसा इश्क है।
ये तेरा-मेरा
कि दिन पर दिन
लाल होता जाता है,
ये इश्क इतना गहरा
हो गया है
कि तेरे सिवा
कुछ सूझता ही नहीं।

जब से तू बिछड़ा
बुरांश ही है मेरे पास,
जिसकी सूखी टहनियों
को तेरी धरोहर
समझ
सँजोया है आँगन में।

'रब्बा जे मर जावाँ'
तो बुरांश के फूलों
को बिखरा देना
मुझ पर
शायद तेरे इश्क
का जुनून है।

ये तेरा जाना
और फिर मुड़ना नहीं

जुल्म है तेरा मुझ पर
अब तो लौट आ
मीत कि
मरने से पहले।

एक बार
बुरांश के फूल
तो ला दे मुझे।
अब तो
पथरा गईं मेरी आँखें
तेरी राह तकते–तकते।

□

यादों से संवाद

तुम नहीं
तुम्हारी याद रहती है पास
और यादों से होता है
निरंतर संवाद!
कभी आसमाँ देखकर
कभी रास्ता देखकर
तुम्हें बुलाती रहती हूँ।

कभी उल्लास, कभी अवसाद
और कभी दर्द का अहसास
तुम्हें याद करने के बहाने हैं
कभी तुम्हारे प्रश्न,
हमारे उत्तर
कभी प्रत्युत्तर और
कभी निरुत्तर
तुम्हें कुरेदने के बहाने
सब कुछ याद रहता है
तुम्हारी याद आने के बाद

तुम्हारा रूप, तुम्हारी प्रेरणा
तुम्हारा स्मरण
वह शिष्ट आवरण

और बिंदास आचरण
सभी कुछ सुरक्षित है
डायरी के पन्नों पर
और हृदय के पटल पर।

तुम सिर्फ तुम नहीं हो
एक पूर्ण वातावरण हो
जिसमें कोयल बोलती है
मोर नृत्य करता है
प्रकृति संगीत बजाती है
ऐसे हो तुम
जिसके सानिध्य की तलाश
खत्म होकर
फिर शुरू हो जाती है
ऐसे हो तुम
ऐसी है तुम्हारी याद!

□

माँ! मैं तुम जैसी नहीं हूँ

माँ!
मैं तुम जैसी नहीं हूँ
एकदम अलग हूँ तुमसे
माँ बनकर भी कभी
त्याग की मूर्ति न बन सकी

तुमने तो झोंका
स्वयं को
जीवन भर चूल्हे-चौके में
बच्चों के सपनों की खातिर,
अपने सपनों को देखना
भी छोड़ दिया,
पर माँ मैं अपने
सपनों को दिन में भी
देखती हूँ।

मेरी महत्त्वाकांक्षाएँ कभी-कभी
बच्चों की अभिलाषाओं से
टकरा जाती हैं,
बच्चों के साथ
बच्चों जैसी जिद
कर जाती हूँ

एक बात कह देती हूँ
माँ सुनोगी!
मैं बदल देना चाहती हूँ
स्त्री होने के मायने
निरंतर उड़ जाना चाहती हूँ
अनंत आसमान में
तरक्की के नित नए
आयाम छूना चाहती हूँ।

तुमने तो स्वयं को कभी
कोई पहचान
नहीं दी
हमेशा दूसरों के नामों
से जानी जाती रही
पर मैं स्वयं की
पहचान चाहती हूँ।

हर पल खुद को
सिद्ध करने की
कोशिश में हूँ
हर वक्त एक जंग
लड़ रही हूँ,
मैं तुमसे अलग हूँ
जो बदलना चाहती है
स्त्री होने के मायने।

□

पिता

चेहरे पर पड़ी
अनगिनत झुर्रियाँ
जैसे अनुभवों की
परतें जमी हों।

मोटे चश्मे के नीचे
छिपी
आँखें
जिनसे साफ झलकती है
उनकी चिंताएँ।
और
संबंधों के
उतार–चढ़ाव की
दस्तावेजी कहानी।

□

स्वयं की खोज

खुद को जानने की
कई बार कोशिश की
पर हर बार नाकाम रही
कभी सोचा थोड़ा रुककर
फुरसत में पढ़ लूँ अपने ही
चेहरे के भाव
पर कभी जीवन की
भागदौड़ में
मिला ही नहीं अवसर

अपने मन को पढ़ने की
भी कई बार कोशिश की
पर पल-पल बदलते
भावों ने
कोई स्थायी भाव ही न छोड़ा
मेरे चेहरे पर

फिर कभी समझ ही न पाई
क्या हूँ मैं?
दुनिया के समस्त
झमेलों में ही
जीवन भर उलझी रही

खुद को समझने की
फुरसत ही न मिली

सच है
सबसे मुश्किल होता है
खुद को समझना
उन तराजू के पलड़ों में
खुद को बिठाना
जिनमें निरंतर
हम दूसरों को तौलते
और निष्कर्ष निकालते हैं

शायद डरती भी रही
अपने बारे में
निकाले जानेवाले
निष्कर्षों से।

स्वयं को आँकने को
जानने को
एक निष्पक्ष दृष्टि
एक हिम्मत चाहिए,
जो स्वयं के बारे में
बेबाक बयान दे सके
जो शायद कभी
जुटा ही नहीं पाई।

□

नारी

नारी!
वह पन्ना है
जिस पर हर व्यक्ति
अपने दस्तखत
करना चाहता है।

नारी!
समय के साथ चलती
समय को ग्रहण करती
और खुद
समय बन जाती।

नारी!
सभी का केंद्र
सभी की उसके प्रति
दृष्टि अलग
विचार अलग
और संबध अलग।

नारी!
स्वयं एक विचार
जिसे हजम नहीं कर पाता

मठाधीशों का दरबार
कोई चुभोता है उसको
नुकीली किरचें
कोई कर देता है
उसके टुकड़े
और पथ हो जाता लहुलुहान।

नारी!
सिर्फ श्रद्धा
दिखावे के लिए,
अन्यथा
राक्षस व राक्षसी वृत्ति
करने को उसका शिकार
सदा तैयार
चलती-फिरती नारी
सिर्फ एक गरम रोटी
चलता-फिरता हर शख्स
उसे खाने को तैयार

नारी!
सिर्फ एक प्रतिमा,
एक मूर्ति
सरेआम चौराहे पर
उसका कर देता है
अनावरण
कभी सम्मानित वी.आई.पी.,
कभी वर्दी,
कभी विक्षिप्त,
कभी अल्ट्रामॉर्डन युवा
या कोई भी मनचला

नारी के उतरते कपड़े
तार–तार होती है मर्यादा
वह करती अश्रुपात
लोग देते हैं सिर्फ संवेदनाएँ,
सहानुभूति,
जुलूस, भाषण और नारे
नहीं देते न्याय।

सत्ता के शिखर
जनता की आवाज
करते हैं न्याय की बात
नहीं मिलता समाधान
नहीं बदलती हैं इबारत
नहीं बदलता साँचा
और ढाँचा
नारी की होती है कवायत
राजपथ से जनपथ तक।

नारी है शक्ति!
नारी जगाती है समाज को
आंदोलित करती है आत्मा को
नारी नहीं है डुगडुगी
नारी है आवाज
जो महलों से झोपड़ियों तक
गूँजती है।

□

प्यार का सीप

ठहरी हुई है जिंदगी
रफ्तार देना चाहती हूँ
मैं समय की बाँसुरी से
कुछ बात करना चाहती हूँ।

है नहीं संवाद युग के
तीखे सवालों पर
शब्दों में भर अर्थ
मैं उनको धार देना चाहती हूँ
ठहरी हुई है जिंदगी
रफ्तार देना चाहती हूँ।

आँखों में सुंदर, सलोने
ख्वाब पाल रखे हैं
मैं किसी गीत को
शब्द देना चाहती हूँ
ठहरी हुई है जिंदगी
रफ्तार देना चाहती हूँ।

तंगदिल कैसे रहूँ मैं
जो तीर सा चुभने लगे
वह सच भला कैसे कहूँ

हर अँधेरी रात का
एक दीप होना चाहती हूँ
प्यार के सागर का कोई
सीप होना चाहती हूँ
ठहरी हुई है जिंदगी
रफ्तार देना चाहती हूँ।

धूप में जलते श्रमिक की
मैं छाँव होना चाहती हूँ
सच कहूँ तो आपका
विश्वास होना चाहती हूँ
ठहरी हुई है जिंदगी
रफ्तार देना चाहती हूँ।

है यहाँ श्रद्धा के मंदिर
तुम हृदय अपना बदल लो
मुक्ति का है द्वार यह
स्वयं से कुछ बात कर लो
साँझ की हर आरती का
दीप होना चाहती हूँ।

रेणु जल गंगा को छूकर
तृप्त होना चाहती हूँ
ठहरी हुई है जिंदगी
रफ्तार देना चाहती हूँ
प्यार के सागर का कोई
सीप होना चाहती हूँ।

□

जंगल की आग

जंगल में लगी आग
उठने लगी लपटें
फैल गया धुआँ ही धुआँ
रोने लगीं पत्तियाँ
अपना घर जलता देख
मच गई अफरा-तफरी
पूरे जंगल में
निर्भीक विचरण करते जीव
जंगल में जलने का भय
सड़क पर मरने का भय
जंगल में जल जाएँगे पेड़
फिर कहाँ बनेंगे घोंसले
शहर से भागकर आता
पक्षियों का झुंड
अब कहाँ करेगा विश्राम,
जंगल का राजा भी
निर्वासित होगा
छोड़नी होगी अपनी ठौर
और वंशबेल
वृक्षों के बिना रह सकता है आदमी
जंगल के वाशिंदे नहीं
उनकी आँखों में आँसू

अपना घर छोड़ने की पीड़ा
और जलकर मर गए
साथियों के प्रति संवेदना है।

जंगल आग में जल जाएगा
अब नहीं उगेगा दूसरा जंगल
कौन लगाएगा वृक्ष
और कौन देगा उन्हें पानी?
अब यहाँ जंगल नहीं,
मंगल होगा
बनेंगी सड़कें
और भवन, होटल और पार्क
सब कुछ होगा,
लेकिन नहीं होगा जंगल
और न होंगे वन्य जीव
सोचा था कभी
जंगल में आग नहीं लगती कभी,
क्योंकि जानवर नहीं पीते
बीड़ी, सिगरेट या हुक्का
कोई भी वन्य जीव
नहीं जलाता है चूल्हा
कोई भी चिड़िया
चोंच में दबाकर नहीं लाती आग
वे सभी चिड़ियाँ भी जानती हैं,
कोई भी नहीं जलाता
अपना घर हो या
घोंसला
हम
किंतु…

□

शब्द चुप नहीं रहेंगे

शब्द अब चुप नहीं रहेंगे
मुँह सीकर नहीं जीएँगे
शब्द सारी हकीकत बोलेंगे
पोल पट्टी खोलेंगे
शब्द अब दामिनी की बात कहेंगे
किसी अनाचार को अब नहीं सहेंगे
शब्द चलकर आ गए सड़कों पर
उठती हुई आवाज की आवाज बनेंगे
सिर्फ दिलासे नहीं हैं काफी
ये सबकी सोच में बदलाव करेंगे
शब्द अब न किसी के मोहताज रहेंगे
जनपथ से उठी बात को ताज कहेंगे
शब्द ही अब हर तरफ से निकलकर
सच का सुर और साज बनेंगे।

□

छोटे-छोटे घरों के सामने खड़े लोग

जब भी शाम को गुजरती हूँ
इन अपार्टमेंटों के सामने से
हर तरफ मेन गेट व
उसके आस-पास सैंकड़ों लोगों को
खड़े देखती हूँ।

अपने छोटे-छोटे दड़बों से निकलकर
खुली हवा की खातिर
चंद साँसें जी भरकर लेने के लिए
ये लोग हर तरफ दिखते हैं
इनकी आँखों में बड़े-बड़े सपने हैं।

छोड़ आए हैं ये अपने
खुले खेतों, मकानों, दालानों को
और दूर तक फैली हरियाली को
सिर्फ कुछ छोंटा-बड़ा पाने के लिए।

इस मेट्रो शहर के कृत्रिम वातावरण में
पर कहीं-न-कहीं
इनकी आँखों में उदासी है,
गम है।
बहुत कुछ खो देने का

जब भी शाम को गुजरती हूँ
इन अपार्टमेंट के फ्लैटों की
बालकनी में
नन्हे बच्चों को
खड़े देखती हूँ
जिनके बचपन को
दीवारों ने कैद कर लिया है।

कुछ बूढ़ों को देखती हूँ
जिनकी उदास आँखें मुझे
बरबस अपनी तरफ खींचती हैं।
सुना है कि कुछ तो बरसों से
सीढ़ियाँ नहीं उतर पाए
केवल कभी बालकनी से आसमान को
तो कभी धरती को ताकते हैं।

सच, इन अपार्टमेंटों की
अपनी एक दुनिया है
एक-दूसरे से अनजान से
ये सब अपनी-अपनी
कहानी लिख रहे हैं।

□

मैं जा रही हूँ (दामिनी के नाम)

अस्पताल के इस
बिस्तर पर असहाय
विक्षिप्त सी पड़ी
सोच रही हूँ
शायद कुछ भी
शेष नहीं है।
मेरे भीतर अब

तार-तार कर डाला
मेरे पूरे वजूद को
इस स्त्री देह
के कारण
कितनी पीड़ा सही
और सह रही हूँ।

शरीर तो शायद
जुड़ भी जाए
पर दिल आत्मा,
पर जो घाव हैं
वह कभी नहीं भरेंगे

सुना है
मेरे लिए पूरा देश
निकल आया है
सड़कों पर,
हाथ में तख्तियाँ
लिए
मेरी लड़ाई
लड़ने के लिए,
पर जानती हूँ
सब अपनी रोटियाँ
सेंक रहे हैं।
कुछ नहीं होगा
कुछ दिन
चिल्लाने के बाद
सब आवाजें
शांत हो जाएँगी
और बात वहीं
रह जाएगी
कुछ भी नहीं बदलेगा।

जब तक औरत
समाज में केवल
एक शरीर रहेगी
तब तक कुछ
नहीं बदल सकता
एक भोग की वस्तु
जिसे हर तरह से
इस्तेमाल किया जाता रहा है
हर तरफ
परोसी जाती रहेगी वह

हर जगह
इस शरीर का
मौखिक चीरहरण
पहले भी होता रहा है
फिर भी मैं जीती रही।

शायद इस दुनिया में
औरत होना ही
सबसे बड़ा
अपराध है,
सोचती हूँ
जिंदा रह भी गई
तो तिल-तिलकर
मरूँगी!
हर रोज
सैकड़ों उठती
उँगलियों को
कैसे सहूँगी
इस तार-तार
देह को
कैसे सहेजूँगी

माँ को देखती हूँ
तो कुछ पलों में ही
कितनी बार मर जाती हूँ
कोई अपराध न होते हुए भी
पिता से कभी
नजर नहीं मिला पाती
शायद आजकल वह
खुद से ही
लड़ रहे हैं

भाई की आँखों में
अनेक प्रश्न
रोज उभरते हैं,
जिनका मेरे पास
कोई जबाब नहीं।

जिंदा रह भी गई
तो जी नहीं पाऊँगी
इस समाज में
कैसे सिर उठाऊँगी
रोज न जाने
कितनी आँखें
प्रश्न करेंगी
एक नुमाइश की वस्तु
बन जाऊँगी।

मेरे माता-पिता
को लोग
जीते-जी मार देंगे
इस नपुंसक समाज में
दोबारा खड़े होने
की हिम्मत नहीं है।

इसलिए
मैं जा रही हूँ
पर दुआ करूँगी
कि देश-दुनिया की किसी
बेटी की इज्जत
इस तरह
तार-तार न हो।

□

कन्या-हत्या

मैं चाहकर भी
बेटी को गर्भ में ही
मार देनेवाले
माँ–बाप से
नफरत नहीं कर पाती,
उनसे मुझे सहानभूति
होती है।

सोचती हूँ,
कितनी वेदना
झेलनी होती है
अपने ही अंश को
नष्ट करने के लिए
क्यों ऐसा करते
हैं लोग?

पर शायद
यह वेदना
उन सभी दु:खों
से कम है
जो झेलनी पड़ती है
एक बेटी के बाप को

जब समाज की कोई
हवस भरी आँख
उसे छू भी जाती है
तो उस वेदना को
सिर्फ वही जान पाता है।

शायद सोचते हैं,
पल-पल बड़ी होती बेटी
के साथ बड़ी होती चिंताएँ
उन्हें हर पल सताएगी।
माँ सोचती है,
कुछ बड़ी होते ही
उसके बदन की गोलाइयों को
कैसे छिपाएगी।
हर गली,
हर नुक्कड़ पर बैठे
वासना के दरिंदों से
नन्ही जान को कैसे बचाएगी।

हर पल,
हर आहट पर
चौकन्ना रहना होगा
जरा सी असावधानी होने पर
समाज को क्या
मुँह दिखाएगी!
माँ फिर सोचती है
बेटी के कॉलेज से
जरा सी देर
हो जाने पर
वह न जाने
कितनी बार

मर जाएगी

अभी से पेट काटकर
तिनका-तिनका जोड़ेंगे
तब कहीं जाकर
बेटी विदा हो पाएगी
और फिर ससुराल में
दहेज के लिए
हर पल मरती बेटी को
कैसे ढाढस बँधाएगी।

सोचती हूँ,
शायद यही नियति है
बेटी की
नहीं तो अपने
आँगन की चिरैया
किसे नहीं भाती।

□

प्रेम की उम्र

तुम
चाहे कितनी भी कोशिश कर लो
मेरे आकर्षण से
बच नहीं सकते,
बार-बार झटक
देते हो मेरा हाथ
कि यह प्रेम करने की
उम्र नहीं,
पर कैसे समझाऊँ
कि प्रेम करने की
उम्र नहीं होती कोई
यौवन की दहलीज
पर पैर रखते ही
फूट पड़ता है।
और चाँदी होते बालों के
बीच से भी
झाँकता है।
जानती हूँ
सारी तुम्हारी कोशिशें
व्यर्थ जाएँगी।
मैं जानती हूँ यह भी
कि मन-ही-मन

तुम मेरे
आकर्षण में बँधे हो
जानती हूँ
मेरी खूबसूरत बड़ी-बड़ी
आँखों में तुम
अपनी ही छवि देखते हो
मेरी बातों में
तुम न चाहते हुए भी
खो जाते हो
अकसर
झटककर सिर
सोचते हो
इस उम्र में
यह प्रेम का
अहसास सही नहीं
कैसे समझाऊँ तुम्हें
कि प्रेम किसी सीमा में
नहीं होता बँधा
फूट पड़ता है ज्वालामुखी
कहीं भी,
उम्र के किसी भी पड़ाव पर।

दुनिया के रिश्तों-नातों
की बार-बार सौगंध
दिलाते हो हमेशा
जानती हूँ, पर
उन सभी रिश्तों से ऊपर
मेरी आँखों से तुम्हारा
अटूट रिश्ता है।
तुम्हारा बार-बार

मुझे
प्रेम के विरुद्ध,
समझाना
पर तुम क्या जानो
तुम्हारे उन्हीं तर्कों से
मेरा–तुम्हारा
प्रेम और गहराता है।
तुम जान–बूझकर
मेरी आँखों में
नहीं देखते हो,
क्योंकि डरते हो
कि तुम्हारी आँखों में
प्रेम का जो समुद्र
मेरे लिए
हिलोरें ले रहा होता है
कहीं मैं उसे देख न लूँ।
पर सब जानती हूँ मैं
तुम असीम प्रेम
करते हो मुझसे
और तुम्हारा ये
शिष्ट आचरण
और गंभीर आवरण
भी तुम्हारी भावनाओं
को छिपा नहीं पाता।

□

करो प्रतीक्षा, फिर आऊँगी

करो प्रतीक्षा,
फिर आऊँगी
साथ में लेकर
कुछ शिकायतें,
कुछ यादें।
रेत पर बनाएँ
घरौंदें के चित्र
कुछ सीपियाँ
मैं निश्चित आऊँगी
कुछ सुखद
कुछ दुःखद
अहसास लेकर
तुम्हारे द्वार पर।
जो तुमने नहीं सुने
ऐसे कुछ गीत
जिनमें होंगे
कलियों, काँटों और
इंद्रधनुषी रंगों के शब्द
कानों को मधुर लगने
वाले राग
वृक्षों की छाँव का अहसास
मिट्टी की सोंधी गंध

पतझड़ का संगीत
सभी कुछ होगा
मेरे मीत।
करो प्रतीक्षा कल की
मेरे आने की
मै बताऊँगी,
गदराए फूलों के अर्थ
बहती नदी की बैचेनी
अलसायी हवा का मर्म
सबकुछ समझाऊँगी
मै फिर आऊँगी,
जरूर आऊँगी।

□

देह का संवाद

छू गए जो अधर–से–अधर
जैसे संवाद करने लगे
उँगलियाँ तन को छूने लगीं
नेत्र फरियाद करने लगे
खुशबू साँसों की झरने लगी
कामना के फूल खिलने लगे
वह अजब शाम थी मेरी
जब तारे भी चाँद लगने लगे
बंधनों में बँधी देह थी
वे उसी से मुक्त करने लगे
मैं कभी झील सी गहरी हुई
उनकी आँखों में पर्वत उभरने लगे
मैंने बतलाई मात्राएँ छोटी–बड़ी,
वो मेरा व्याकरण ही पढ़ने लगे
मैं नदी सी ही बहती रही
वे उसके जल का आचमन करने लगे
आँख–से–आँख मिलती रही रातभर
वे गीत प्यार का रचने लगे।

□

तुम

तुम
दूर लगते हो
तुम्हें पाने की मेरी
सारी कोशिशें
व्यर्थ जाती है
तुम्हें छूने को हाथ
बढ़ाती हूँ
तुम दूर चले
जाते हो।
इतनी दूर कि
तुम्हारी परछाईं भी
नजर नहीं आती,
पास होकर भी
दूसरे किनारे पर
लगते हो
कैसे पाऊँ तुम्हें
तुम सिर्फ
मेरी कल्पना
होकर
रह जाते हो।

□

प्रेम एक अहसास

प्रेम!
जिसे मैंने टुकड़ों-टुकड़ों में
जिया
कभी भी पूर्णत्व को
न पा सकी।
तुम भी तो मेरे लिए
सिर्फ देव ही रहे
कभी मनुष्य न बन सके,
तृप्ति का अहसास
दोनों को कभी न
हो सका।
काश! झूठे दंभ को
पराजित कर
हमने प्रेम की
परिभाषा को
नए आयाम दिए होते
तो आज नदी के
दो किनारों की तरह
अभिशप्त जीवन
जीने को विवश न होते।

□

तुम कौन हो?

तुम न जाने कौन हो?
जो मेरी यादों में
अक्सर दस्तक देते हो
और जब हृदय के द्वार
खोलती हूँ
तो न जाने
कहाँ गुम हो जाते हो,
तुम वही तो नहीं हो
जिसे पाने की, छूने की
मैंने हमेशा तमन्ना
की है।
एक पूर्ण पुरुष को
पाने का ख्वाब
जो मेरे अंतर्मन में है।
तुम कहीं वही तो नहीं हो
तुम एक स्वप्न ही सही
पर जब भी दस्तक देते हो
जैसे जाग जाती हूँ
सदियों की तंद्रा से
और तुम्हें ढूँढ़ती
फिरती हूँ।
पर तुम कभी मेरे

सामने नहीं आते।
तुम्हारी छवि
मेरे तन–मन पर है
नहीं जानती
क्यों बार–बार दूर
भागते हो मुझसे
अब तो मत छिपो
कि देखना चाहती हूँ
एक बार तुम्हें।

□

प्रेम-प्रतीक्षा का सुख

उनके पास होने का अहसास
उनकी खुशबुओं को
मुझमें भर देता है
सामने हों तो
जी भरकर निरखने का मन करता है
रूप को कैद कर लेने की,
मुस्कान को अपना लेने की
तमन्ना होती है,
कितना रहता है इंतजार
बढ़ जाती है बेचैनी
उनके आने की खबर से।
बोलते अंग और उमंग
आँखों में छिपी चंचलता
होठों का उल्लास
मेरे अंदर तक पहुँचता है
सामीप्य का सुख
और उनके आने की खबर
पूरे तन-मन को
पुलकित कर देती है
उनका एक भी अनुरोध
कितना रोमांचित करता है
उनका स्पर्श!

उनका विश्वास
कितनी शक्ति देता है।
उनकी गंध
सुवासित करती है समय को,
तितली करती है
पुष्पों का चुंबन
पुष्पों की अभिलाषा किसे नहीं होती।
प्रतीक्षा रहती है
उनके पैरों की आहटों की
कुछ शिकवे-शिकायतों की,
उनको देखने का,
महसूस करने का
कुछ और ही होता है सुख
और प्रतीक्षा का भी होता है सुख!

□

मैं रही अकेली

कोलाहल में रही अकेली
सोच–समझकर मेरा जाना
मुझे देख उनका मुसकाना
करना कोई और बहाना
ये सब क्या मैं भूल सकूँगी
सरल नहीं, अटपटी पहेली
कोलाहल में रही अकेली।

शीत वायु सी नित्य बहूँगी
तुमको कैसे भूल सकूँगी
झिलमिल तारों के आँचल में
हूँ मैं कितनी मूक अकेली
कोलाहल में रही अकेली।

क्या भोगा उसको न कहूँगी
सारे दु:ख मैं स्वयं सहूँगी
यादें तेरी पास रखूँगी
चंचल चितवन के वारों को
खेल–खेल में हूँ मैं झेली
कोलाहल में रही अकेली।

जीवन में क्या मैंने बोया
अंतर का सुख मैंने खोया
रो-रोकर ही दामन धोया
इस छोटे से पथ पर चलकर
पाई कोई नहीं सहेली
कोलाहल में रही अकेली।

फूल समझकर गले लगाया
पीड़ाओं को भी अपनाया
उनके सुख को गीत बनाया
जगवालों ने बस भटकाया
मैं न किसी भावों से खेली
कोलाहल में रही अकेली।

सोच-समझकर मेरा जाना
मुझे देख उनका मुसकाना
करना कोई और बहाना
ये सब मैं क्या भूल सकूँगी
सरल नहीं, अटपटी पहेली
कोलाहल में रही अकेली।

□

औरत!

औरत, क्या हूँ मैं
जैसे कोई ख्वाबों का
पुलिंदा हूँ।
एक पोटली हूँ,
जो जीवनभर पूरी
नहीं खुल पाती,
एक गीली लकड़ी
जो बार-बार फूँकने पर भी
पूरी जल नहीं पाती।
क्या हूँ मैं?
जैसे अपना इम्तहान
खुद हूँ
और जाँचने वाला
सारा जग है।

शायद, एक आँख हूँ मैं
जो जीवनभर
एकटक देखती है
मैं औरत,
अकसर अपनी ही
अंदर की आवाजों से डर जाती हूँ,
मैं औरत क्या हूँ

शायद एक फालतू सामान
जो जन्म लेने से पहले ही
झाड़ी या कूड़ेदोनों
में फेंक दी जाती है

शायद मैं औरत हूँ
एक खूबसूरत गलीचा
या फिर दरवाजे पर रखा
एक पायदान
जिस पर हर शख्स
पाँव पोंछता या रौंदता है
या फिर हूँ मैं
दरवाजे के बाहर
सजावट के लिए रखा
गमले का पौधा
जिसे एक नजर सब
देखते हैं,
पर अपनापन कोई नहीं रखता
या फिर हूँ घर का
एक पुराना पलंग
जो हो चुका है
मूल्यहीन और अस्तित्वहीन
या फिर रसोईघर में
रखा सिलबट्टा,
जिसकी हर दरार में मेरे
मन के भाव दिखते हैं
या फिर हूँ कोई पतंग
जिसे सब अपने माँजे से उड़ाते हैं
या फिर हूँ
कोई ऐसी जर्जर इमारत
जिसकी ईंटें निकाल-निकालकर

सब अपने घर ले जाते हैं

मैं औरत हूँ,
गर्भ में पल रहा
एक अनचाहा बोझ,
जिसकी जरूरत कई बार
जन्म देनेवाली
माँ को भी नहीं होती।
कभी सोचती हूँ,
मैं अनचाही, रौंदी गई
कुचली गई हर युग में,
फिर भी क्यों
अब तलक जिंदा हूँ?

□

चाय का सौंदर्य

दूर-दूर तक फैला है
चाय का बागान
लगता है हरियाली का समुद्र
जिनमें तैरती हैं
युवतियाँ रंग-बिरंगे परिधानों में
पहाड़ की भोली-भाली युवतियाँ
पीठ पर लटकाए हैं
टोकरियाँ बड़ी-बड़ी
सूरज की रोशनी के साथ
तोड़ना शुरू कर देती हैं
चाय की हरी-हरी पत्तियाँ
समूह में, झुंड में
गाते हुए लोकगीत
चाय की पत्तियों से
भर देती हैं टोकरी
धूप सहते हुए
बारिश में भीगते हुए
करती हैं काम
निष्काम रहते हुए
टोकरी तो भर जाती है
आवश्यकताएँ रह जाती हैं
अधूरी!

हरे पत्ते तोड़ते हुए
खुद भी हरीतिमा लुटाती है
हरियाली से खुद को सजाती है।
वसन है फटा,
पेट है भूखा
नहीं होती इसकी चिंता।
प्रकृति के सान्निध्य में
मुसकाती है,
प्यार लुटाती है,
चाय बागानों में,
चाय की हरियाली,
युवतियों का सौंदर्य
और उनकी निश्छलता
रचती है नई सृष्टि।

□

बैठो पास

पल दो पल बैठो साथ
तुमसे मैं बतियाऊँ
हो समय तुम्हारे पास
मैं मन का गीत सुनाऊँ
तुम बैठो मेरे पास
तो सपनों की बात बताऊँ
मेरे मन में तुम ही तुम
अंग-अंग में बसते तुम
कैसे मैं तुम्हें भुलाऊँ?

बस! एक चित्र
हो तुम्हीं मित्र,
उसमें तुमको ही पाऊँ,
यह किसको मैं बतलाऊँ
हर वक्त तुम्हारा ही चिंतन,
स्मरण तुम्हारा
मन-बेमन
सुधियों में करता
अभिनंदन।

कुछ क्षण ठहरो साथ
यह सब कुछ तुम्हें सुनाऊँ

तब तुम्हें भूल मैं जाऊँ
यह बात किसे बतलाऊँ?
तुम बसे हुए धड़कन-धड़कन
तुम ही तुम हो
चितवन-चितवन,
जब सूनापन गहराए
तब दिखते हो
दर्पण-दर्पण।

प्रिय, पास कभी तो आओ
सब कुछ हो तुम
यह कैसे मैं समझाऊँ?

□

संबंध–कैक्टस नहीं

सारे के सारे गमलों में
रोप दिए हैं तुमने पौधे
नागफनी के, कैक्टस के
और अब
उन्हीं को सींचते हो,
पता नहीं कब से
पालते आ रहे हो
ऐसे ही संबंधों को
जिनमें न
गरमाहट है और
न गंध,
सिर्फ काँटे-ही-काँटे हैं
ऐसे संबंधों का
कौन कर सकता है स्पर्श
सिर्फ लहूलुहान होने को
संबंधों के बंधन
हर्ष देते हैं,
वे काँटे नहीं
गुलाब होते हैं
संबंधों के अनुबंध
कितने सुखद होते हैं
संबंधों में सुगंध लाओ

उन्हें काँटे मत बनाओ
नागफनी नहीं,
गमले में गुलाब रोपो।

□

समय–एक परिवर्तन

फिर सब कुछ वही
जो हर वर्ष होता रहा है
इस वर्ष भी होगा।
शुरुआत होती है
नई संभावनाओं से,
नई कामनाओं से,
नई भावनाओं से।
जैसे–जैसे समय के कदम
आगे बढ़ते हैं
समस्त भ्रम टूटने लगते हैं
सारे संकल्प ढहने लगते हैं
आदमी ठूँठ बना खड़ा रहता है
और समय तेजी से भाग जाता है
सड़कों पर वही भिखारी
आगे बढ़े हाथ
कुछ पाने की आशा में
पाता है दुत्कार
और झिड़कियाँ,
और भिखारिन
खाली हाथ लौटे बच्चों को
उनकी असफलता पर फटकारतीं
एक और बच्चे को खुलेआम

पिलाती है अपना दूध
तैयार करती है एक और भविष्य,
जो कार के शीशे पोंछेगा,
फिर हाथ पसारेगा
समाज के सम्मानितों के आगे।

कुछ भी नहीं बदलता,
बदलता है तो बस
कैलेंडर के पृष्ठ,
महीनें व तारीखें।
नहीं बदलता है
सूरज का उजाला,
चाँद की चाँदनी,
आदमी की भूख-
रोटी की, पैसे की,
सम्मान की।
सुबह से शाम तक
बढ़ती ही रहती यह भूख
नहीं बदलते हैं नारे
झंडे, डंडे और मुखौटे
बदल जाता है
शासक का चरित्र
पार्टी का नाम
नहीं बदलता है
व्यवस्था का स्वरूप,
जिसके पास सुख-समृद्धि है
वह उसे बढ़ाता है
और
जिसके पास है विपन्नता
निराशा, दु:खों का साम्राज्य
वह स्वत: ही बढ़ जाते हैं

हाँ, बदल रहा है
लोगों के जीने का ढंग
क्लबों का सत्संग
प्रवचन का ढंग
हाई टेक होता देह का व्यवहार
बदल रहा है
दिन प्रतिदिन
पारस्परिक लगाव
संबधों का अलगाव
एकाकी भाव
और
भौतिकता का प्रवाह
हजारों वर्षों से
वृक्षों ने नहीं छोड़ा
अपना स्वभाव,
अपना जड़ों से जुड़ाव,
अपनी जड़ों से दूर हुआ है
आदमी, सिर्फ आदमी
वर्ष फिर आएँगे
नए कैलेंडर के साथ,
नई तारीखों के साथ
जब तक लोग बदले
उससे पहले ही
खुद गायब हो जाते हैं।

समय
मेट्रो ट्रेन की तरह आता है
थोड़ी देर रुककर
तेजी से चला जाता है
फिर से आने के लिए

□

सभ्य हैं पक्षी

पक्षियों की नहीं होती है
कोई पाठशाला या मदरसा।
किसी भी देश में,
किसी राज्य में,
फिर कैसे सीख जाते हैं
अपनी बोली, अपनी भाषा
बिना स्कूल और गुरु के,
पक्षियों को कौन देता संस्कार?
कैसे विकसित होता है
उनका विवेक?
तभी तो
अपने निर्णय स्वयं लेते हैं पक्षी
आसमान में कहाँ तक भरनी है
उड़ान
कैसे बनाना है अपना नीड़
चुगना है कैसे दाना
और करना पहचान दुश्मन की
चीं-चीं का शोर कर
सावधान करना अपनी जमात को
पक्षियों को पता है सुबह-शाम
भूख का अहसास
जीवन के सारे जरूरी काम

कौन सी किताब पढ़ते हैं पक्षी
पक्षी नहीं मानते हैं
कोई सरहद या सीमा
'वसुधैव कुटुम्बकम' ही उनका आदर्श
पक्षीगण क्या नहीं जानते हैं ?
किसने नहीं सुना है
उनका कलरव संगीत
पानी में नहाते, डुबकी लगाते
बाद में पंख फड़फड़ाकर
उनको सुखाते
नवजात बच्चों की चोंच में
अपनी चोंच से खाना खिलाते
वात्सल्य में किससे हैं पीछे?

कभी देखा है पक्षियों को
मनुष्य के समान
भाषा-धर्म-जाति-संप्रदाय
को लेकर संघर्ष करते
खून बहाते, मरते और मिटते
कितने सभ्य हैं पक्षी,
कितने हैं शांति प्रिय कबूतर
हमसे अच्छे, बेहतर
हैं ये सब
और हम
आधुनिक, सभ्य नाम के।

□

पिरोती रहूँगी शब्द

मैं
न जाने कब से
शब्द-शब्द पिरोती
गूँथती रही धागे में
बनाने को एक माला,
जिसकी सुगंध से
संपूर्ण वातावरण
सुरभित हो जाएगा,
लेकिन पता नहीं क्यों
माला पूर्ण होने से पहले ही
शब्द बिदक जाते हैं
जाग उठता है उनका अहं
और वे विद्रोही बन जाते हैं
हर शब्द को अपना
अलग अस्तित्व चाहिए,
चिंता होने लगती है उन्हें
अपनी अस्मिता की।

मैं बार-बार उन्हें मनाती हूँ,
समझाती हूँ—
सब साथ-साथ आओ
मैं एक सुंदर गीत बनाऊँगी

उनमें नए अर्थ भरूँगी
नव चेतना से उनका शृंगार करूँगी
नई दृष्टि से उन्हें रँगूँगी
लेकिन शब्दों के बिना
कविता का महल तो दूर
झोपड़ी भी नहीं बनती है।
मैं शब्दों को बुलाती रहूँगी
उन्हें दुलारती रहूँगी
मैं उन्हें दूँगी सम्मान
मैं शब्दों की साधना करती रहूँगी
निरंतर, निस्वार्थ···

□

मेरा शहर बदल रहा नित

मैं अपने ही शहर
में
कितनी बेगानी हो गई हूँ
ऐसा लगता है
जैसे किसी से परिचय नहीं।
सरसराती हवा
मुझे छूकर निकल जाती है
मुट्ठी में बंद कर लेने की
मेरी कोशिश
पतझड़ बन जाती है।

मैंने देखा, महसूस किया था
इन सड़कों के किनारे
मेरे साथ चलती कैनालों को
उनका कल-कल संगीत
कितना रोमांचित करता था
उन्हें दबा या पाट दिया गया
कंक्रीट के पत्थरों से
ठीक किसी की
वासंती इच्छाओं की तरह
मेरा अल्हड़पन

शहर की हरियाली की तरह
खो गया है

पता नहीं यह भीड़ का सैलाब
इन सड़कों पर
कहाँ से पसर आया है
इनमें कोई अपना नहीं दीखता
सिर्फ भीड़ दीखती है
स्टेटस, इस शहर को खा गया है।
इतनी भीड़ में
मैं अकेली क्यों हूँ?
मेरी ही तरह
यहाँ का मौसम भी बदल रहा है
बदल रहे हैं
लोगों के चेहरे का भाव और भाषा
उनको पढ़ पाना,
अब इतना आसान नहीं
यहाँ की मुख्य सड़कों पर
सिर्फ नारे ही सफर करते हैं,
जिनके आगे और पीछे
खाकी वर्दियाँ
जुगलबंदी करती हैं

कब बदल गया शहर,
कहाँ खो गया
मेरा अपना शहर
सिकुड़ गए खुले मैदान
ये लाल बत्तियाँ
खौफनाक लगती हैं
अवरुद्ध कर देती हैं प्रवाह को
कोई कुछ नहीं बताता

इस चौड़ी सड़क पर
आवागमन देर तक रुक जाता
किसके आगमन के लिए
हम सब आम हो गए
जब से कुछ खास लोग
यहाँ आकर बस गए हैं

इस शहर की
संवेदना गिरवी रखी है
किसी साहूकार के पास
अब सिर्फ
आदेश निकलते हैं
और उनका पालन किया जाता है।
मेरे इस शहर में
भरोसे की कीमत कम हो रही
चिड़िया भी पर खोलकर
मुक्ताकाश में उड़ने से डरती है
इसके लिए अनुमति लेनी पड़ती
सिर्फ बाज ही स्वच्छंद हैं
कहीं भी झपट्टा मारने को
सचमुच
मैं अनजानी हो गई हूँ
अपने ही शहर में
अपने अस्तित्व के साथ।

□

तुम दूर नहीं हो

ऐसा कभी नहीं होगा
हम मिलें, मगर पहचाने न
कितनी भी दूरी बढ़े
जगह की, मौसम की
हम मिलें, मगर मुसकाएँ न
हम नगर रहें
या महानगर
नीड़ मिले या महा भीड़
पर भूले रंग-रूप तेरा
ऐसा तो कभी हो पाए न
आएँ कितने भी झंझावत
चाहे जितने हों सवालात
हम मिलें
और उत्तर पाएँ न
ऐसा कभी नहीं होगा।

ऐसी कोई मनुहार नहीं
जो कभी सुनी तुमने न हो
यह बातों का व्यापार नहीं
इतना यथार्थ तो जानो न
आँखों के संवादों से
हमको था इनकार नहीं
ऐसी पुस्तक भी क्या होगी
हम मिलें और पढ़ पाएँ न।

उदास हैं चेहरे

इस छोटे लघु भारत में
कहाँ से घुस गई
महानगरीय हवाएँ
टूटते ही जा रहे
मूल्य दर मूल्य
स्वार्थ का मेकअप
सभी को चमका रहा है
कितने उदास हैं
नैसर्गिक चेहरे।
लोग थिरक रहे हैं
होटलों, क्लबों में
डिस्को की तान पर।
लोक संस्कृति
कितनी अकेली
कितनी लाचार है
कहाँ से आकर बस गई
गुरु की नगरी में
बेखौफ बालाएँ।
पहाड़ की बोली
दुबककर बैठी है
घर के किसी कोने में
पहाड़ी परिधान

दिखते सिर्फ मेले में
अथवा अकेले में
बुरांश भी बेहद उदास है
कंक्रीट के जंगलों ने
लील ली है
सारी हरीतिमा
और लघु नहरों का संगीत
पता नहीं किसकी
इस नगर को लगी है बद्दुआएँ।
नूतन नव पल्लव भी
पीते हैं
प्रदूषित जलवायु
सूरज को घेर लिया मेघों ने
ऐसे में
कौन बतलाए दिशाएँ।
मार्ग हुए चौड़े
और
संकुचित संवेदनाएँ
मनुज मन भ्रमित है
कौन है अपना
जिसको बताएँ
वह अपनी वेदनाएँ।

□

खिड़की खोलते ही

खिड़की खोलकर
मैं जब भी देखती हूँ
मुझे सिर्फ सड़कें, अंतहीन सड़कें
आकाश को छूने को उद्यत
फ्लैट्स
और बेतहाशा भीड़ का समुद्र
दिखाई पड़ता है
नहीं दिखते हैं तो पत्तेदार वृक्ष
और वृक्षों पर घोंसले बनाकर
रहने वाली चिड़ियाएँ भी नहीं दिखतीं

खिड़की खोलते ही
नहीं आती है शीतल ताजा हवा
घुस आता है अवांछित धुआँ
और दुर्गंध का झोंका।

खिड़की खोलते ही
दिखते हैं मोबाइल टावरों के राक्षस
जिन्होंने गौरैया को हजम कर लिया
और आदमी के शरीर में धीरे-धीरे
घोल रहे हैं जहर
खिड़की खोलते ही

सुनाई पड़ती है
चीखने-चिल्लाने की आवाजें
लड़ने-झगड़ने और
जुलूसों-नारों की आवाजें

खिड़की खोलते ही
नहीं मिलती है
कोई नई दृष्टि
नहीं जागता है कोई नया भाव
मस्तिष्क में,
कुछ भी नयापन नहीं आता

इसीलिए,
अपने मकान की खिड़कियाँ
अब मैं बंद रखती हूँ,
लेकिन दिमाग की खिड़कियाँ
बंद नहीं कर सकती
कृत्रिम हवा, कृत्रिम खाद
और बनावटी फूलों का साथ
कमरे के अंदर
इतना ही पर्याप्त।

□

गिलहरी और पेड़

घर के आगे
और घर के पीछे
नहीं है कोई पेड़
नीम का, अमरूद का
या कोई ठूँठ
इसलिए कोई भी
गिलहरी नहीं आती
अपना खेल खेलने।
चिड़ियों का समूह
नहीं करता कलरव
खुली खिड़कियों में
केवल शोर घुसता है
दुर्गंध के साथ,
कितनी भी हवा चले
सिर्फ धूल उड़ती है
पत्तियों का संगीत नहीं जाता
फर्श से लेकर छत तक
सिर्फ पत्थर और कंक्रीट
हम भी
पाषाण बन गए, हृदयहीन।

□

संवाद

सभी को मौन रहना है, फिर संवाद कैसे हो?
सभी कुछ खुद सहना है, फिर संवाद कैसे हो?
सभी कुछ सुन लिया और सह लिया तुमने
बिना बतलाए तुम्हारे दर्द का अनुवाद कैसे हो?
किसी की अनकही बातें, और उनकी फरियादें
सामने जब तक न आए तो संवाद कैसे हो?
तुम्हारा रूठकर चुप हो जाना, भला कैसा
करें इजहार जब तक न, फिर संवाद कैसे हो?
माना मौन की भाषा में ताकत होती है
पर शब्द की ताकत बिना भी संवाद कैसे हो?
सहमत और असहमत भी, हम सभी होते
बिना प्रतिवाद के बोलो, फिर संवाद कैसे हो?
यह संकेतों की भाषा भी, गजब का अर्थ देती है
वह संकेतों में कहते हैं, बोलो संवाद कैसे हो?
हम सफर साथ, मंजिल दूर हो लेकिन
बिना मंतव्य के उनसे, भला संवाद कैसे हो?

□

याद पहली सीढ़ी की

इतनी सीढ़ियाँ चढ़ने के बाद
बचपन ही याद आता है
जब पेड़ की छाया लुभाती थी,
इमली ललचाती थी
किसी की दृष्टि की
नहीं थी परवाह
कितने रहते थे लापरवाह
हँसने-खिलखिलाने का
न कोई वक्त होता था,
न कोई कारण
दोपहरी में हँसते थे
तो गिरकर उठकर भी
हँसते थे

इतनी सीढ़ियाँ चढ़ने के बाद
फिर मन करता है
लौट जाऊँ उसी बचपन में
जहाँ लौटना बहुत मुश्किल है
उदास बच्चों के आँसू
मुझे दु:खी कर जाते थे
और फुटपाथ की मुसकान
हँसा देती थी।

इतनी सीढ़ियाँ चढ़ने के बाद
पिछली सीढ़ी
क्यों नहीं भूल पाती

आज के मुरझाए बचपन से
कल के बचपन को
क्यों तौलना चाहती हूँ

अपना बचपन, अपनीं यादें
जैसे कह रही हों
सड़कों पर घूमते बचपन को
मुसकान दो,
भूख से मुक्ति दो
शिक्षा की युक्ति दो
कोई पौधा न मुरझाए
ऐसा खाद-पानी दो।

□

सिर्फ बचपना नहीं

बच्चे के वक्तव्य को
बचकाना मान लेना
सरल नहीं है
बच्चों की बातें
हवा में नहीं उड़ाई जाती
हर देश में,
स्कूल की कक्षा में
बैठा बच्चा
अपने घर
अपने माता-पिता के बारे में
देता है बयान,
उसकी शिकायत
बन जाती है दस्तावेज
जिसे संज्ञान में लेता है
उस देश का कानून
और देता है दंड

चिंतित हैं अभिभावक
बच्चों के कान पकड़ना
नहीं है आसान
बच्चों की मुसकान
और उसके बयान को

कठिन है समझना
कौन कर सकता है
दंडित बच्चों को
कौन डाँट सकता है उन्हें
माता-पिता, शिक्षक?
उत्पीड़न के खिलाफ
बच्चों ने उठा लिया है झंडा
घर हो या विद्यालय
सर्वत्र
सभी हैं उद्विग्न, बैचेन
बच्चे को बच्चा न समझें
मिल गए हैं उसे अधिकार
बगावत करने के,
यही है ज्वलंत मुद्दा
यही है आज की सच्चाई!

□

ताल-बेताल जिंदगी

बेताल की तरह
जिंदगी मेरी पीठ पर
लदी हुई है
हर बार वह
सवाल पर सवाल दागती रहती है
ब्लैकमेल करती रहती है
किस-किस के जबाब दूँ
उसके प्रश्न उसी की तरह
रहस्यमयी हँसी हँसते हैं
उसके रोज-रोज के किस्से
संवेदना को छू जाते हैं
लेकिन वेदना को बढ़ा जाते हैं।

कितने बोझ ढो चुकी है
यह पीठ,
मगर जिंदगी का बोझ
कभी नहीं उतरता
जाने कितने वह रंग बदलता है
कुछ लोग जिंदगी का बोझ
खुशी-खुशी उठाते हैं
कुछ उठाते-उठाते
हाँफने लगते हैं

और कुछ
इस बोझ के ऊपर
अपना बोझ डालते हैं
बेताल की तरह।
बहुत कम होते हैं जो
संतुष्ट होते हैं उत्तरों से
और फिर लटक जाते हैं।

यहाँ तो प्राय: लोग
झुक जाते हैं जवानी में
और कुछ लिप्त रहते हैं
बोझ की कहानी में
उठाने को बोझ
हँसी-हँसी में।

□

जल-लापता

तप रही धरती और बादल लापता
फट रही धरती और बादल लापता
प्यास से व्याकुल पक्षी घूमते मुँह खोल
आग मिलती पत्तियों में, बादल लापता।

तन पसीने से नहाया श्रमिक मजबूर
आसमाँ को देखता और बादल लापता
ताल भी जल से हुए हैं दूर
मछलियाँ हो रहीं बेचैन, बादल लापता।

वृक्ष भी आखिर हवाएँ शीतली लाएँ कहाँ से
जल गए पत्ते सभी और बादल लापता
बिना पानी खेत सब, कितने हुए मजबूर
फसलें सारी झुलस गईं और बादल लापता।

आग के वातावरण में कौन भरता है उड़ान
पंख ही सब जल रहे और बादल लापता
खुद कुआँ ही प्यास से मर रहा कब से
जल का स्तर गिर रहा और बादल लापता।

□

दहेज विरोधी पुल!

और सिकुड़ गया
जो था पहले ही
अति संकुचित
रेल पुल से गुजरता
लच्छीवाले का मार्ग।

ऊपर धड़धड़ाती गुजरती
लौह काया की लंबी
और नीचे
उतनी ही तेजी से धड़कने लगता
आदमी का दिल।

रेल कब से ढो रही है
आदमी को और माल को
भरकर अपने डिब्बों में
और पुल के नीचे का
यह सड़क मार्ग
रोक लेता है
बस को, ठेले को
जिसके ऊपर रखा होता है
दहेज का सामान।

आज से नहीं
वर्षों से इसकी कथा
सुन रहे हैं
इस दहेज विरोधी पुल की।
गरीब की हो या अमीर की
इस पुल ने
बस और ट्रक के ऊपर
लदे दहेज को
सदैव रोका है
सरकार भले न रोक पाई,
लेकिन इस पुल ने
सदैव टोका है।

देहरादून को जोड़ता है
लच्छीवाले का यह
दहेज विरोधी पुल!
इसके एक तरफ
फैला है प्रकृति का रम्य संसार
किशोर युवा
नदी के किनारे करते विहार
आँखों में पालते स्वप्न
दूसरी ओर।···

□

दर्पण

दर्पण में
अपना पल-पल बदलता चेहरा
हम खुद देखते हैं
किसी और का नहीं।
दर्पण एक समीक्षक है
दर्पण हमारा तन ही नहीं
हमारा मन भी दिखाता है।
दर्पण को न कोई झिझक होती है
और न कोई दर्द
वह हमारी खुशी
हमारे आँसू
जैसे-के-तैसे ही दिखाता है
नमक-मिर्च लगाकर
उसे चटपटा नहीं बनाता।
दर्पण से ज्यादा ईमानदार
कौन हो सकता है।
दर्पण की अपनी कोई
संवेदना नहीं होती
वह हमें अपने आप से मिलाता है।
जो भी उसके अंदर झाँकता है
वह उसी की प्रतिकृति बन जाता है।
वह कुछ भी नहीं छुपाता है

इसीलिए
कुछ लोग उस पर पत्थर चलाते हैं
और उसका सीना
चूर-चूर कर जाते हैं।
टुकड़े-टुकड़े होकर भी
वह नष्ट नहीं होता
और हर टुकड़े में
हमें हमारा अक्स दिखाता है।

□

बाजार में हम

गमलों में हरियाली
और चेहरों का मेकअप
सभी को खींचता है अपनी तरफ
बनावटी मुसकान
दिखावट का फैशन
बाजार में ले जाता है

भीतर का दर्द, व्यथा
छिपा लेते हैं ऊपरी तामझाम
उधार की चाल और स्टाइल
सुविधाओं की विवशता है
बाजार में जो चीज
आकर्षक दिखती है
वही बिकती है

असुविधाओं से बचने
सुविधाओं के लिए बिकने का
ये कैसा दौर है
मूल्य गिर रहे हैं
पेड पौधों की छाया
ब्राण्डेड नहीं होती

इसीलिए इनकी
कोई कीमत नहीं होती

अपनी चमक हो-न-हो
बिकने को चमकिए
पहनकर पश्चिमी परिधान
फैशन शो में फुदकिए
न आदमी असली है
और न उसके लिपे-पुते चेहरे
फिर भी क्यों दिखता है आदमी
आदमी की तरह।

□

कभी हारना नहीं

मैं तुम्हारी बेबसी को जानती हूँ
इस तरह सौगंध खाया मत करो
भूल जाऊँ कर्तव्य का पथ मैं
कल्पना इसकी कभी करना नहीं
मैं निरंतर प्रगति की सहगामिनी
हार जाऊँगी? कभी डरना नहीं

मैं तुम्हारा दिल भी पढ़ना जानती हूँ
इस तरह अश्रुओं को बहाया मत करो
उलझनों से निकलना चाहती हूँ
धैर्य से कुछ गीत लिखना चाहती हूँ
कुछ फरेबी मुझको भले रुसवा करें
पर हकीकत मैं बताना चाहती हूँ
भीड़ के बाजार में खोया तुम्हें कब
कभी जान पाई नहीं

आरोप–प्रत्यारोप से घबराया मत करो
मानती हूँ है मेरी कथा अब तक अधूरी
चाहना भी कब भला होती है पूरी
स्वप्न की दुनिया क्षणिक होती
जागने पर सत्य से होती बहुत दूरी
मैं तुम्हारे संघर्ष को पहचानती हूँ
सूर्य के सम्मुख गिड़गिड़ाया मत करो।

□

शब्दों की मंडी

मेरी कविता में
भीड़ ही भीड़ है
शब्दों की मंडी है
लोग उन्हीं को बाँचते हैं
कोई भी
शब्दों के अर्थ की तलाश
नहीं करता है
कविता की गहराई में
कोई नहीं उतरता

शब्दों को बाँचना ही
उनकी मजबूरी है
युग को दिखाने को
कविता
की विवेचना जरूरी है
शब्दों के सौंदर्य से
खेलते हैं
शब्द के अर्थ को
कहाँ समझते हैं
चारों तरफ
शब्दाडंबर
उनका शौक है

मैंने कहा बार-बार
कविता को अर्थ दीजिए
शब्द सरल और सीधा है
उसका अर्थ उतना ही गहरा
मेरी कविता को
अर्थवती कीजिए
शब्द की उपासक हूँ मैं
अभीष्ट अर्थ देकर
उसे कृतार्थ कीजिए।

□

बसंत

बसंत
जंगलों, उपवनों में नहीं
मेरे अंदर उतर आया है
मेरे तन का अंग-अंग
मस्ती से भरा है
और मन, झूम-झूमकर
गाना चाहता है।

आम की डालें
बौरों से झुक जाती हैं
और मैं अपने यौवन से
कितनी समानता है
मुझमें और आम वृक्ष में
हम दोनों ही
अपने-अपने ढंग से
बसंत लाते हैं
बसंत बतलाते हैं

जंगलों में
वायु मदमाती घूमती है
बसंत मुझमें उतर जाता है
और मुझे देखकर

ये वृक्ष
मचल-मचल जाते हैं।
बसंत जंगलों से होता हुआ
शहरों में चला आया है
तभी तो,
भँवरों की तरह लोग
फूलों पर मँडराने लगे हैं
मौसम का बहाना
बनाने लगे हैं

बसंत आने पर
मन झूम-झूम जाता है
तन-मन हर्षाता है
बसंत क्या आता है
अमलतास फूल जाता है
टेसू भी कमाल दिखलाता है
बासंती गंध प्रेम का बोध कराती है
हर प्राणी में उतर जाती है

वृक्ष हो या कमनीया
गदराया तन
सबको पागल कर देता है
बसंत ऐसा होता है
थिरकन-सिहरन
धड़कन-धड़कन
बसंत को देखकर
कंपन-ही-कंपन करता है
मेरा तन-मन
पगला जाता है दर्पण
मुझको अपने अंदर देखकर।

खेतों में पीली सरसों खिलती है
धरती करती अपना श्रृंगार
मुझमें उतर आता है
पूरा-पूरा संसार
मैं बासंती हो जाती हूँ
जब ओढ़ लेती हूँ पीली चुनरी
मेरी एक चितवन-मद भरी
लोगों को भटका जाती है
भरमा जाती है
उनकी उलझन बढ़ा जाती है
कैसा होता है बसंत?
क्या ऐसा ही होता है बसंत?

□

खुद की तलाश

मैं समय को दोष दूँ क्या
दोष तो अंतर में है
लोगों को देखती रही
तलाशती रही उनकी
कमजोरियाँ
नहीं झाँक पाई तो
सिर्फ अपने अंदर
क्रंदन सुनती रही
जमाने का
कभी आत्ममंथन नहीं किया
विषैली हवाओं ने
कितना विषैला बना दिया
कब देख पाई
मैं ही क्या
हर व्यक्ति आत्म विमुग्ध है
अपने में गुण
और दूसरों में तलाशता है
अवगुण
आत्म-चिंतन से दूर
आत्म-प्रशंसा में चूर
नहीं झाँका
तो सिर्फ अपने अंदर

झूठे दंभ की परत ने
कब ढक लिया
पता ही नहीं चला
भटकन ही भटकन
पर फिसलती रही
तृष्णा से चिपकती रही
पत्थरों की चमक से
हो चकाचौंध
प्रतिमाओं को तोड़ती रही
झूठे आकर्षण का हो शिकार
रिक्तता का करती रही
विस्तार
अपनी अच्छाइयों को दबाकर
पथ से भटकती रही
मैं किसे दोष दूँ?
अँधेरे को उजाला समझने का
भ्रम पालती रही
अब समझ में आया
अपने को जानना
सबसे ज्यादा जरूरी है
तभी अंदर का
अज्ञानी तम दूर होगा
लक्ष्य तक पहुँचने का मार्ग
भी सुगम होगा
आत्म परिचय हो तो
वक्त भी पहचान लेता है
और मुक्त हो जाते हैं
तमाम तृष्णाओं, ईर्ष्याओं से।

□

उनकी याद

आती हुई हिचकियाँ
आँखों में आँसू
आसमान में काले बादल
उनकी याद दिला रहे हैं।
टूटे हुए वादे
डावाँडोल इरादे
वह मनुहार, वह आग्रह
उनकी याद दिला रहे हैं।
वह नदी का बहना
फिर भी प्यासा रहना
चातक से संकल्प
उनकी याद दिला रहे हैं।
आँखों का बंद होना
आँखों में बंद होना
वह मादक अहसास
उनकी याद दिला रहे हैं।
जो खुशी थी साथ में
अब पीर बन गई है
सुख–दु:ख की छाया
तकदीर बन गई है।
स्वप्नों का स्वप्न रहना
सम्मुख न कुछ भी कहना
मुट्ठी से फिसलती रेत भी
उनकी याद दिला रहे हैं।

□

वह बात कहाँ?

तुम्हारी बात में अब वह बात नहीं है
है तो दुआ-सलाम, पर वह बात नहीं है
बदल गई है इस शहर की आबोहवा
बदले तो तुम नहीं, पर वह बात नहीं है
हर शख्स व्यस्त है बिना किसी काम के
किसी के काम आ सके, वह बात नहीं है
हकीकत है सामने, कोई मानता नहीं
उनकी नजरों में भी वह बात नहीं है
कुछ रो रहे तो कुछ हैं कर रहे अभिनय
उनकी भंगिमाओं में वह बात नहीं है
रहबर ही खड़े हैं देखो हथियार थामकर
लुटते हैं, मगर लुटने में वह बात नहीं है
नदिया नहीं, झरने नहीं, तालाब नहीं है
पानी से प्यासे की कोई मुलाकात नहीं है।

□

मीत! तुम न बदलना

कितना भी बदले वक्त
बदले मौसम
रिश्ते-नाते बदले
मीत, तुम न बदलना

वर्ष में ऋतुएँ बदलतीं
और बदलता है चलन
संपदा पाकर बदलते
लोग होते बदचलन
पर तुम्हारी प्यास
चातक सी रहे
देख बादल मत मचलना
मीत, तुम न बदलना

आएँगे झंझावत भी,
तूफान भी,
पर तृणों सा कमजोर होकर
मत टूटना
अपनी जमीं पर दृढ़ होकर
टिके रहना
मीत, तुम मत बदलना

चक्र तो चलते रहेंगे
अनवरत सुख–दु:ख के
भावना के वेग में आकर
तुम मत फिसलना
कितनी मिले अवहेलना,
आलोचना
मगर तुम व्यवहार की
डोरी पकड़
आस्था पर टिके रहना
मीत, तुम न बदलना

शीत के बाण हों
कितने भी तीखे
सूर्य कितना भी जलाए
तुम वृक्ष की तरह
हर ऋतु को
स्वयं के अनुकूल करना
मीत, तुम न बदलना

□

मसूरी–एक चित्र

धुनकर लाई गई
रुई सी
बर्फ ने ढक लिया
पहाड़ के तन को
और श्वेत वसना बन गई
प्यारी मसूरी!

दुबक गए घोंसलों में
विहग वृंद
पंख कहीं गीले न हो जाएँ!

सूरज की किरण
चमकी दिनों बाद
निद्रा से जागे से
चहक उठे पक्षी गण
आदमी भी अँगड़ाया
मन भाया मौसम!

हलकी सी धूप ने
छू लिया बर्फ के बदन को
पिघलने लगी
स्नेह की गरमी से!

चलती मंद-मंद बयार
सुइयाँ सी चुभो रही
मुसकाता
दूर खड़ा देवदार
सिर पहने हिम का मुकुट!

झरने, झरने लगे
घुमावदार रास्तों
और सीढ़ीनुमा खेतों पर
रौनक ही रौनक है
प्राकृतिक सौंदर्य को
अपनी बाँहों में समेटने
चला आ रहा है
नव यौवनाओं का सौंदर्य!

भीड़ ही भीड़ है
उमंग की,
रंग की,
उल्लास की, विलास की
सड़कों पर, होटलों में

हाशिए पर है
झुकी कमर लिए
पहाड़ का आदमी!

□

समय के पंख

हल हों सभी सवाल
ऐसा वातावरण मिले!
हर घर–आँगन में विधना
सुख की किरणें बिखराए
अवसर बनें सुअवसर
सन्मार्ग सभी को दिखलाए
ऐसी दृष्टि मिले!

इस बसंत में नई कोंपलें
प्रेम के गीत सुनाएँ
मन के अंदर मचल रहे
अरमानों को सहलाएँ
सभी को मीत मिले!

चर्चाएँ हों, हों विमर्श भी
व्यर्थ विवाद मिटाएँ
गेह–गेह में नेह पले
स्नेह के दीप जलाएँ
ऐसी रीति मिले!

हर डाली पर फूल खिलें
औ अधर–अधर मुसकानें
उद्यत हैं सब किशोर मन
भरने को नई उड़ानें
समय को पंख मिलें!

□

उजाला अकेला है

उजाले के इस शहर में
अँधेरों ने स्थापित किए हैं
अपने साम्राज्य
उजाला झेल रहा है, लगातार
चरित्र हनन का आक्रमण
अँधेरे ने शहर की हर दीवार पर
चस्पाँ कर दिए हैं
पोस्टर,
जिसमें उजाले का चेहरा
विकृत कर दिया गया है
अँधेरे ने बना दिया है
ऐसा वातावरण, जिसमें
उजाला बिलकुल अकेला है
असहाय है
लोग उसे समझने लगे अपराधी
और अँधेरा मुसकरा रहा है
शहर में कालापन बढ़ता जा रहा है
और उजाला
सिर्फ इतिहास बनने वाला है।

□

अपने पहाड़ से दूर

मैं दूर चली आई हूँ
पहाड़ी हवाओं से
पहाड़ की कंदराओं से
आँखों को सुखद लगती
हरी-भरी लताओं से।

मैं दूर चली आई हूँ
फूलों की घाटी से
अपनी ही माटी से
पथरीली परिपाटी से
सर्पीली सड़कों से।

मैं दूर चली आई हूँ
बुराँश के फूलों से
मौसमी भूलों से
पावन उसूलों से
नदी के कूलों से।

मैं दूर चली आई हूँ
चिर-परिचित चेहरों से
सवालों के घेरों से
तनहाई के डेरों से

प्रिय के प्रिय 'शेरों' से।

मैं दूर चली आई हूँ
अलसाए बादल से
रतनारे काजल से
अंग-अंग पढ़ने को
बेचैन पायल से।

मैं दूर चली आई हूँ
भीड़ के समंदर में
भाग रहे जंगल में
शुद्ध हवा-पानी को
तरसते मरुस्थल में।

मैं दूर चली आई हूँ
नया घोंसला बनाने को,
नयी राह पाने को
अविश्वासी नगरी की नजरों में
पहचान पाने को
विश्वास पाने को
मैं दूर चली आई हूँ।

□

क्योंकि

अकसर एक अँधेरे
कुएँ में
बंद पाती हूँ खुद को,
फिर भी बाहर की आवाजों को
सुन सकती हूँ मैं
पर जब चिल्लाती हूँ
तो नहीं सुनी जाती आवाज
अंदर ही घुटकर रह जाती है
कोशिश लाख करने पर भी
आवाजों से कभी
मिल ही नहीं पाती
शायद, क्योंकि
एक औरत हूँ मैं।

□

यायावर जीवन

यह यायावर जीवन
किन-किन राहों पर चलता है
कभी पथरीली राहों पर,
कभी तपते रेगिस्तान में
और कभी
पहाड़ की ऊँचाइयाँ चढ़ता है।

यह यायावर जीवन
खोजता ही रहता है
अपनी जमीन
ढूँढ़ता है ज्ञान का आकाश
जिज्ञासाओं को करने शांत
तोड़ता है कितनी चट्टानें।

यह यायावर जीवन
देखता है अभी भी
अंधा कुआँ
मूल्यों की ढहती दीवारें
परंपराओं की आँखों पर
पड़ी पट्टियाँ।

यह यायावर जीवन
दूसरों की थकान
दूर करते-करते
थक जाता है खुद भी
दिमाग की खिड़कियाँ नहीं थकतीं
खुलकर देती हैं वह
नई ऊर्जा, नया जीवन।

यह यायावर जीवन
बदलता है हमारी सोच
बदलता है हमारा चिंतन
निरंतर यात्रा
कभी मन की, कभी तन की
और कभी वतन की।

यह यायावर जीवन
देता है एक नूतन परिभाषा
जीने को नई दृष्टि
कैनवस पर उतारने को नए रंग
देता है एक नई तूलिका।

यह यायावर जीवन
देता है नवीन वातावरण
फूलों से सजी बगिया
खुशबुओं में डूबी कथाएँ
देता है एक अनवरत सफर।

यह यायावर जीवन
सँजोता है यादें खट्टी और मीठी
आँखों से दिल को पढ़ने की
एक किताब

जिसमें वह ढूँढ़ता है
अपने प्रश्नों के उत्तर
कदम-से-कदम मिलाकर
चलता है एक मौसम
पड़ाव का पता नहीं होता
कैसा है यह यायावर जीवन।

□

अनमना सा वह बूढ़ा

वह बूढ़ा, अनमना सा
नोचता रहता है
घर के आँगन की घास

अपनी उदास आँखों से
देखता है आँगन की पुखरी को
जिसका पानी धीरे-धीरे
सूखता जा रहा है
और इसी के साथ सूखती
जा रही उसकी आशाएँ
पहले तीन थी पुखरी-भरी-पूरी
बरसात में उफनती थी वे
घर के अंदर तक
घुस जाता था पानी
भयाक्रांत, दो को
ढक दिया मिट्टी से
कर दिया समतल
अब बची है सिर्फ एक
वह भी मरणासन्न
मिट्टी का ढेर जमा हो चुका है
उसके अवसान के लिए

बूढ़े की आँख में कभी सपने होते थे
सामने अपने होते थे
अब जम गई है निराशाओं की बर्फ
उसकी तीन जवान लड़कियाँ
जो अब तक कुँवारी हैं
बूढ़े माँ-बाप के सामने
ऐसा प्रश्नचिह्न है
जिनका कोई उत्तर नहीं है

पुखरी में काँटा डाले
छोटी-छोटी मछलियों को तलाशती
रहती हैं ये लड़कियाँ
उनकी तमन्नाएँ अभी मरी नहीं हैं
खुली आँखों से देखती हैं सपने
लेकिन डरती हैं,
मछली के भविष्य की तरह

बुढ़िया झोला लेकर निकल जाती है
रोज बाजार
और लड़का क्या करता है?
पड़ोस में कोई नहीं जानता
घर में कभी-कभी
दिख जाती है झलक

बूढ़ा काँप-काँपकर बताता है
अपनी चोटिल टाँग के बारे में
हँसता है और फिर डूब जाता है
सोच और चिंता के गहरे समुद्र में

सूरज पूरी जवानी के
साथ आसमाँ में
दमक रहा है।

□

मेरा मन

तुमने क्या छुआ मुझे
बुरांश सा खिल उठा
मेरा मन
तन गुलाल सा
हो गया,
गाल लाल हो गया

तुमने क्या देखा मुझे
बंद कली खिल गई
पलभर को सिहर गई

तुमने जो सहलाया
कंचन हुई काया
उत्सव में समा गया
मेरा पूरा तन
बसंती हो गया मन

तुमने जो मुझे छू दिया
अँगड़ाइयाँ लेने लगीं
मेरी कामनाएँ
गुलाबी हो गईं
मेरी भावनाएँ।

□

रात भर आती रही याद

फिर किसी की याद में
सोए नहीं, जागे नहीं
रात अपलक कट गई
सन्नाटा था, बातें नहीं

जागते हुए स्वप्न बुनते रहे
आसमाँ के सितारे चुनते रहे
नींद नहीं, उसका अहसास था
उसी में, उसी को गुनते रहे

रूप उसका जगाता रहा
चित्र उसका मुसकाता रहा
हम प्रतीक्षा किए रातभर
रात की उम्र को बढ़ाता रहा

रात की कालिमा डराती रही
गीत तो अधूरा-अधूरा सा था
रातभर उसे गुनगुनाती रही
दर्द अपना उसको सुनाती रही

रात से कब सुबह हो गई
अश्रु से ही मुख धो गई
वायु के ताजे से झोंकों ने
कब झुलाया और मैं सो गई।

□

सर्दी की धूप

सर्दियों में धूप की मनमानियाँ
कितना सताती हैं
कभी वह पास आती है
कभी वह ललचाती है
ठिठुरते तन पर मरहम लगाती
या फिर हो निष्ठुर छोड़ जाती है

धीरे-धीरे उतरती है आँगन में
राहतों की संभावना जगाती है
है दिसंबर के दिवस इतने कड़क
उसके गुल्लकों में धूप न आती
आवारा सी रहती थी जो भटकती
वही धूप बुलाने पर भी नहीं आती है

आने पर नववधू सी शरमाती
चेहरे से अपने घूँघट नहीं हटाती है
जानती है धूप भी अपना मूल्य
इसीलिए अपना अवमूल्यन
नहीं कराती है

सर्दियों में धूप की छोटी टुकड़ी
सिकुड़े पक्षियों को नहला जाती है

कभी बादल, कभी तरुवर की शाखाएँ
धूप की आँच को छिपा जाती है
सूरज वही, सूरज की किरणें भी वही
लेकिन उसका मिजाज चकित कर जाता है

□

चिड़िया के झुलसे पंख

यह ग्रीष्म की धूप
कितना जलाती है
कभी तरु को
कभी फसल और फल को
सड़क के तारकोल को
कितना पिघलाती है
यह तन को ही नहीं
मन को भी झुलसाती है
विचारों से शून्य कर जाती है

कितनी निर्दयी है
यह धूप!
कोमल बच्चों को भी नहीं छोड़ती
नव कोंपलों को भी
कुम्हला देती है,
फिर भी वृक्ष देता है
एक शीतल छाँव
नंगे बदन खींचता रिक्शा
या ठेला
वह मनुष्य हो या पशु
भरी दोपहरी में भी छाया नहीं
गंतव्य खोजता है

दोनों की अपनी विवशता है
पेट से दोनों का रिश्ता है

यह धूप कोई रियायत नहीं करती
कितनी निर्मम, कितनी कठोर
नंगे पैर चलता मजदूर
ताँगे को खींचता घोड़ा
दोनों को घर याद आता है
आसमान में उड़ान भरती चिड़ियाँ
झुलसाती है अपने पंख
बेदम सी लौटती है नीड़ में
ताल में भरा पानी उबलता है
किसी की प्यास कहाँ हरता है
कितना डरा हुआ है उसका चेहरा
दोपहर की धूप से।

□

अपूर्ण चित्र

वह चित्र कभी पूरा नहीं हुआ
जिसे बनाने
न जाने कितने रंग बदले
कूचियाँ बदल डालीं

कितना अड़ियल है
इसका स्वभाव
सारे रंग सोख जाता है
एक भी रंग
उभरकर आकृति नहीं बन पाता

चित्र कितना विचित्र है
कितनी ठसक भरी है
इसमें
कैनवस पर घमंडी सा
इठलाता है

इस चित्र में
मैं उभारना चाहती हूँ
वेदना और संवेदना
कूची से

लेकिन इसके भावशून्य
चेहरे पर
कोई अहसास
ठहरता ही नहीं

इसके टुकड़ों को जोड़कर
इसे एक
रूप देना चाहती हूँ
उसमें
अपने रंग भरना चाहती हूँ,
लेकिन
अभिशप्त सा यह चित्र
रेखाओं में ही फँस गया है
कहीं-न-कहीं
यह अंदर से ढह गया है

तभी तो
रंग और रूप से दूर है
कोई अक्स
इस पर नहीं उतरा है
मेरे सारे यत्न
सफल नहीं होते
मै अपनी पीड़ा को
किस कैनवस पर उतारूँ?

□

मकान और इंसान

मकान की दीवारें,
दीवारों का प्लास्टर
झरने लगा है
उखड़ने लगी हैं
उसकी परतें

मिस्त्री व्यस्त हो गया है
उन्हें नया रूप देने को
छेनी और हथौड़े से
उखाड़ रहा है
अंदर की मजबूत परतें
पूरा प्लास्टर हटने के बाद
उभरकर आ गई हैं
भवन की पसलियाँ

मजदूर और मिस्त्री
करने लगे काज
सीमेंट, बालू, बजरी के
मिश्रण से
मकान पर चढ़ाई जा रही है
एक नई त्वचा

मकान फिर जवान
हो रहा है,

लेकिन
इनसान का जीर्णोद्धार
कौन करे?
उसकी ढीली त्वचा को
कौन कसे?
इनसान की
गिनी जा सकती हैं
सारी पसलियाँ, नसें
और हड्डियाँ

आदमी बूढ़ा होता है
उसकी त्वचा
हड्डियों से और चिपक जाती
यहाँ कोई 'मसाला'
काम नहीं करता।

□

वृद्ध

कितना उदास है
कितना हताश है
वृद्ध होता समय
सभी नजर अंदाज करते हुए
निकल जाते हैं
उसके सामने से
समय की बढ़ती उम्र
शिथिल होती इंद्रियाँ
नाक से सटी
मोटी ग्लास की ऐनक
और चेहरे पर
सिर्फ झुर्रियाँ

वृद्ध समय
ताकता है सभी की ओर
चाहता है मिले
उसे अपने प्रश्नों के उत्तर
उसके बच्चे
उसे दें सम्मान
कितना अकेला है
वृद्ध समय
अपने ही घर में

सभी को खटकता है
वृद्ध समय और
उसकी उपस्थिति
कितना अवांछित हो गया है
वह

वृद्ध
खोलता है यादों की दराज
खँगालता है अपनी पोथियाँ
ढूँढ़ता है वह बीता समय
अब चुभने लगा है
वह घर को
चुभने लगी उसकी गंध,
किसी को नहीं भाती है
समझने लगा है वृद्ध
खुद को एक खँडहर
जिसमें दबा पड़ा है इतिहास
सभी ढूँढ़ते हैं उसमें संपदा,
लेकिन कोई उसे
नहीं देना चाहता नया रूप
उसे नहीं मिलता प्यार
हमेशा मिलती है
छैनी-हथौड़ी की
धार

मूक हो गया है
वृद्ध
उसकी पीड़ा,
उसकी संवेदना
सदैव रहती है आहत
जब कभी

नव शिशु उसे निहारता है
संबोधन देता है
अपना संबध जोड़ता है
वृद्ध
भर लेता है उसे गोद
गद्‌गद हो जाता है
प्यार की कोई बूँद
तपते मरुस्थल को
मिल जाती है
वृद्ध
उर्जामय हो जाता है

शंकालु रहता है वृद्ध
कब कर दिया जाए
उसे निर्वासित
भेज दिया जाए वृद्धाश्रम
अभिशप्त हो जाता है

जमीन पर पड़े कागज को देख
पकड़ लेना चाहता है उसे
मजबूती से मुट्‌ठी में।

□

मकड़ी की दृष्टि

प्रतिदिन सुबह के साथ
मकड़ी
बुनने लगती है
अपना जाला,
यह सिर्फ जाला नहीं
शिल्प का नमूना भी है
और
अनसुलझा समीकरण भी।

मकड़ी इसे
सुलझाते हुए
खुद ही उलझ जाती है
अपने ही जाले में,

मकड़ी का जाला
एक कलाकार की रचना है
जिसमें अभिव्यक्त होता है
उसका तनाव
उसकी सृजनशीलता।

यह जाला एक चक्रव्यूह है
जिसमें

महारथी फँस सकता है
निकल नहीं सकता

मकड़ी कहाँ से लाती है
कच्चा सामान
जिससे बना लेती है
जाले का संसार
कितनी मेहनत
कितनी बुद्धि
इस जाले में लगी होती है।
इन जालों में
फँस जाते हैं
फड़फड़ाते पंख
इन जालों में
फँस जाती है दृष्टि
इन जालों में फँस जाते
सराहना के शब्द

हजारों वर्षों से
मकड़ी अपनी साधना
में लीन है।

□

मेरी कविता

मैं अपनी कविता में
सताए हुए
पोषित और डरे हुए
व्यक्ति को
शब्द देना चाहती हूँ।

मैं अपनी कविता में
बाज से डरी-सहमी
चिड़िया को
आवाज देना चाहती हूँ।

मैं अपनी कविता में
लोगों के मुखौटे हटाकर
उनका असली चेहरा
दिखाना चाहती हूँ।

मैं अपनी कविता में
काँटे की वेदना,
फूल की हँसी को
व्यक्त करना चाहती हूँ

मैं अपनी कविता में
भटकते राही की राह
और उसकी मंजिल
बनना चाहती हूँ,

मैं अपनी कविता में
निरक्षरों का अक्षर
गूँगे को आवाज
और मैं खुद के विरुद्ध
हथियार बनना चाहती हूँ
मैं लड़ना चाहती हूँ
एक युद्ध
अपने भीतर और बाहर।

□

सुबह का सन्नाटा

सुबह-सुबह का सन्नाटा भी
क्या कुछ कहता है
सूरज, चाँद, सितारे गायब
वह कितना सहता है
सन्नाटे की चादर ओढ़े
शहर सो रहा होता है
इस सन्नाटे के नीचे भी
कोई कितना कुछ ढोता है
सन्नाटे की फसल काटने
वक्त कभी कुछ बोता है
निश्छल, शांत सो रहे पाखी
जगने पर ही रोता है
सन्नाटे को चीर रहे हैं
कुछ पेशेवर व्यापारी
आसमान में बदली दिखती
बगुला लगा रहा गोता है
पहले कवि सन्नाटा बुनते थे
अब सन्नाटा कविता लिखता है
सन्नाटे की पावनता पर
मंदिर भी नत मस्तक होता है।

□

नए विश्वास के साथ

घना हो कितना भी कोहरा
सूर्य के सम्मुख
वह कहाँ ठहरता है?

वक्त कितना भी बुरा हो
उसकी उम्र लंबी नहीं होती
किसी दुखियारी के आँसू
बहुत ज्यादा असर रखते हैं
बड़ी से बड़ी चट्टान को भी
पिघलना पड़ता है
मार्ग कितना भी खराब हो
गड्ढे हों, खंदक या खाई हो
गिरते-पड़ते राही
उसे पार करता है
नए विश्वास के साथ।

किन्हीं आँखों में अपनापन
देता है ताकत और ऊर्जा
बड़ी और काली आँधियों से भी
भिड़ जाने को

प्रोत्साहन के शब्द
पैदा करते हैं नए अर्थ
यांत्रिक होते हृदय
सांकेतिक होते त्योहार
पश्चिमी बयार में उड़ते संस्कार,
फिर भी
विश्वास से बड़ी शक्ति नहीं होती

अंकुरित होंगे बीज
नई फसल पनपेगी
आस्था का संगीत
नए उजाले की ओर ले जाएगा
नई पीढ़ी को
पूरे होशो-हवास के साथ।

□

बातें

बातें कितनी मुँहफट होतीं
बातें कभी शांत क्यों नहीं होतीं
पहले लोग
एक साथ बैठकर बातें करते थे
बातों ही बातों में
कई बातें निकल आती थीं
अनेक बार बातों से बवंडर
मच जाता था

अब ऐसा क्यों नहीं होता
आदमी अब अकेले ही
बातें करता है
पहले लोग अकेलेपन में
बातें करते थे
अब इतनी बातें हैं
कि दिन-रात बातें होती हैं
फिर सामने बैठने से
बातें क्यों नहीं होतीं
बातें किससे करें, कब करें,
कैसे करें
इसकी तहजीब सिखाते हैं विज्ञापन

खूब करो बातें
मगर चुगलखोर होती हैं बातें
कितने रहस्य छिपाती
और कितने भेद खोलती है बातें
बातें विश्वास जगाती हैं
और अनेक बार
विश्वास में लेकर की जाती हैं बातें

बातें जोड़ती हैं
बातें ही तोड़ती भी हैं
बातों ही बातों में
लोग कुछ भी कह जाते हैं
कभी तीर तो कभी तलवार हैं बातें
बातें है वैद्य का नुस्खा
स्वस्थ रहने का
जो बातें नहीं करते
वे बीमार रहते हैं
उनकी चुप्पी तनावों में जीती है

बातें ही बताती हैं
सच और झूठ का चेहरा
बातें ही करती हैं
दर्पण से किनारा
बातें ही आपका हृदय खोलती हैं
बातें ही बनाती हैं सहृदय
बातों ही बातों में
संबंध जीवंत हो जाते हैं
बातों में ही टपकती है
आपकी दैन्यता, क्रूरता
और सौजन्यता

बातों का आकाश बड़ा है
कोई चुप रहकर बात करता है
और कोई चीखकर करता है
बातें हैं आपका परिचय,
आपका चरित्र और संस्कार
बातों का कितना है बड़ा परिवार
बातें मीठी भी होती
और कड़वी भी
आपको कैसी बातें पसंद हैं?

□

ट्रेडमिल से इश्क

मुझे अपनी ट्रेडमिल
से इश्क हो गया है
हर सुबह इसके मजबूत
हाथ थाम लेते हैं मुझे
मेरी हर पदचाप
जैसे ये ध्यान से सुनती है
और मेरे मन का हर भाव
हर व्यथा ये बुनती है
और लगातार गुनती है

इस पर चलते-चलते
जब मेरे पैर बहुत
जोर से पड़ते हैं
तो नाराज हो जाती है
मेरी मित्र है ये
मेरी हर सुबह की
राजदार है ये
जीवन में ऐसा मित्र
मिलना है मुश्किल
कि जिसकी छाती को
तार-तार कर दें हम
और वह फिर भी हमारी सुने

मेरे चलते पैरों की
थकान को भी ये
महसूस कर लेती है
और मुझे ढ़ाढस बँधाती है

सचमुच एक भी दिन नहीं मिलती
तो दुनिया उदास लगती है
इस जानदार लोगों की दुनिया में
मुझे सचमुच एक बेजान चीज
से इश्क हो गया है।

□

(ट्रेडमिल—व्यायाम करने की मशीन)

तेरी यादें

सिर्फ यादों के सहारे
जिंदगी मुश्किल बहुत है
हो सड़क या घर के अंदर
चित्र दिखता है तुम्हारा

जितना समझाती स्वयं को
खुद को उतना ही है हारा
चाहती हूँ सब भूल जाऊँ
पर दिल कहाँ सुनता हमारी
मन के कागज पर लिखी
तेरी चिट्ठी मुश्किल बहुत है
यादों का दर्पण है खंडित
सम्मुख है बिखरा पड़ा
और हर टुकड़े में तेरा
प्रतिघात ही दिखता खड़ा

दूरियाँ तुमने जितनी बढ़ा दीं
दर्द का अनुपात उतना ही बढ़ा
मेरे मन के अंदर-बाहर
तेरा आवागमन बहुत है
अब लगता है जैसे मैंने
मरुस्थल में थी नाव चलाई

संबंधों के मकड़जाल में
अपनी हालत स्वयं बनाई

सपने तो सपने होते हैं
मैंने क्या तसवीर बनाई
ऐसे हालातों में भी
कविता लिखना
कठिन बहुत है।

□

शिशु-गृह

इनके भी हैं माँ-बाप
फिर ये सब
यहाँ क्यों हैं? इस शिशुगृह में
चर्च में बने शिशुगृह में।
अभी-अभी तो इस संसार में
इन नवजात शिशुओं ने
खोली हैं अपनी आँखें
एक नहीं, अनेक हैं यहाँ
माँ-बाप के ठुकराए ये
सुकोमल बच्चे
छोटे-छोटे झूलों में
लेटे हैं
और देखते हैं इस दुनिया की सच्चाई।
इनकी आँखों में हैं प्रश्न
अपने ही निर्माताओं के प्रति
जो समाज से डर गए
पाप-पुण्य से बहक गए
और ईश्वर की भेंट को
अपने ही तन के अंग को
कर दिया खुद से अलग
फेंक दिया इन्हें
जहाँ कोई देख न सके

ये रंग-बिरंगे फूल
अपनी किस्मत पर मुसकरा रहे हैं
इनकी खुशबू कहीं के लिए थी
और ये इस बगिया को महका रहे हैं

इनके माँ-बाप,
इनकी जाति, इनका धर्म
कोई नहीं जानता
इन सबसे हैं मुक्त यह सब
हाथ-पैर हिला रहे हैं
कुछ की आँखें हैं बंद
और कुछ भूख से कुलबुला रहे हैं
माँ का आँचल
इनसे कितना दूर है
पिता की छाया के लिए मजबूर हैं,
फिर कोई इन्हें पाल रहा है
पालने में झुला रहा है
इन्हें और कुछ नहीं
इनसान बना रहा है।

□

चुप्पी

चुप्पियाँ
माहौल बदल देती हैं
चुप्पियाँ, चलन बदल देती हैं
चुप्पियाँ
देखने और सहने की क्षमता
बढाती हैं
चुप्पियाँ, चुप्पियों से टकराती हैं

चुप्पियाँ बताती हैं
हमारे होंठ सिले हैं
चुप्पियाँ बताती हैं
अनुग्रह का भार
चुप्पियाँ बताती हैं
निर्धन कितना है लाचार

चुप्पियाँ शासक को शांति देती हैं
चुप्पियाँ जनता को भ्रांति देती हैं
जो पीड़ित है, शोषित है
वही चुप है
जो देखता है, वह भी चुप हैं
जिसे सुनना है
फैसला देना है।

वह भी चुप है
फिर कौन बोले?
प्रश्न चुप है,
उत्तर भी चुप है
चुप्पियों का व्रत कौन खोले?

चुप्पी टूटी तो
कुरसी नाराज होगी,
टोपी भी नाराज होगी
और खाकी वरदी भी
यही सोच है
हवा चुप है
पक्षीगण भी चुप हैं
चुप्पी के इस पर्व में भी
प्रशस्तिगान हो रहे हैं
नाच, गाने, सम्मान हो रहे हैं

चुप्पी एक कोने में खड़ी है
और कर्कश शोर
डी.जे. पर थिरक रहा है।

□

तेरा जाना

हर मोड़ पर जो मुझको छलता रहा
जिंदगी में उसी को बुलाती रही
दर्द की ही फसल जो बोता रहा
मैं उसी दर्द को गुनगुनाती रही

मन के गाँव में वृक्ष कटते रहे
जून की धूप मे हम झुलसते रहे
छाँव न मिल सकी किसी ठाँव में
शीत की चाह में खुद को जलाती रही
वक्त मुझसे सदा खेलता ही रहा
सुधियों के पुष्पगुच्छ भेजता ही रहा
भीड़ में भी बस नीरवता ही बही
उत्सवों में भी आँसू छिपाती रही

पीड़ाओं के पर्वत अनायास बहते रहे
पथरीली राहों पर
खुद को नदी सा बहाती रही
रेत पर चित्र कुछ बनाती रही,
मिटाती रही
खुली आँख से खुद को
सपने दिखाती रही

टूटे विश्वास पर कामना का
नर्तन कराती रही
धुँधले दर्पण पर स्वयं को
सजाती रही
हर मोड़ पर जो मुझको छलता रहा
जिंदगी में उसी को बुलाती रही।

□ □ □